空のかけら　目次

装幀画　岡　芙三子
装幀　森本　良成

年神さんの時間

「例年通り朝までやりますか」

バー〝いさご〟のマスターは大晦日の晩、縁なしの眼鏡を左手の細長い人差し指で押しあげて言った。

ナオはうなずいた。マスターの砂子《いさご》邦夫とカウントダウンも悪くないと思った。そこにはこの一年間を思い浮かべることができる静謐な時間があった。


このバーがあるところは、村がそのまま町になった名残をとどめている。一度来たぐらいでは、到底たどり着けそうにないほど、入り組んだ路地の奥にある。瓦屋根は漆喰でかためられ、壁は薄汚れているが白壁だった。窓には大型金庫のような扉が付いている。それを開けるだけでもどこからか、ギーギーという重たい音が聞こえてきそうな気がする。この界隈では、太平洋戦争で唯一焼け残った古い土蔵造二階建てだ。後から誂えたらしい、どっしりとした出入り口の赤いドアが見えると、ナオはいつもほっとした気分になる。彼女は駅前の花屋の店員で、週にほぼ三日はここに来ている。

今日は大晦日。花屋は夕方までで販売を切り上げ、年越しできる花は冷蔵庫に仕舞い、あとは花の命に目を瞑ってゴミコンテナに捨て、店の大掃除をする。それでも鉢植えの売り物もあるから市場が開かれる七日までに少なくとも二日に一回は水やりに出てこなければならない。

ナオはまだ表紙をめくっていない新しいカレンダーの下に貼ってある来月の出勤表へちらっと眼をやった。

「昔は除夜の鐘まで店を開けておいたけれどね」

経営者の女主人も、と口で言いながらも店じまいを急いでいる気配が伝わってくる。彼女には小学三年生になる男の子がいた。結婚出来ない人を好きになってしまってね、と彼女はいつも悲しい眼で笑う。手切れ金か慰謝料かでこの店を始めたのだろうか。ナオはそのつど、どうでもいい詮索をしている自分に気づいて慌てて店の外を見る。

外はすでに暗い。駅の照明がやけに眩しい。

ナオは店が終わっても、アパートで寝そべって年越し番組のＴＶを観るだけだから、今夜は〝いさご〟へ行こう、と朝から決めていた。ブルーのパンツ、真っ白いブラウスに少し明るめのライトブルーのカーディガン、それに羽毛の軽いコートを羽織っただけだが、ナオは十分お洒落な気分なのだ。

バーの隣は小さな医院だった。バーと医院は一つの蔵屋敷に組み込まれている。診療科目は内科・心療内科だ。あまり流行っていないのは、看板を見れば分かる。古びていて、砂子医院とかろうじて読める。医のかくしがまえは消え、院の字の阝は剥げ落ちている。こんな古い建物で「心療内科」なんて何か変よ、と思いつつナオはいつもバー〝いさご〟の赤いドアを押す。

バーも医院も漢字と平仮名という表記の違いはあるせよ、名前が同じで、院長の砂子邦夫医師はバーのマスターでもある。診療だけでも大変なのに……、と言うと、

「ここはぼくの避難所なんですよ。親身になって治療するからストレスが溜まるんです。息抜きしなきゃね」

と砂子はカウンターの向こうで自嘲気味に言い、続けた。「患者の話をじっくり聴いていますとね。ぼくもだんだん同じ気持ちになってしまうんですよ」と笑い、そうならんとやってられへんけど……と確かにつぶやいた。

バー〝いさご〟の重厚なドアを押して入ると、大きなドアのような姿見に写る自分自身が迎えてくれる。斜め正面に世界の酒瓶が並んだ棚が見え、マスターがカウンター越しに、やあ、と目線を送ってくる。客がいれば、カウンターの客も、入り口から入って右側にある三つの丸テーブルの客も身体をねじってでも新しい客に視線を走らせる。しかし、ナオはそんなとき、顔を伏せて決して入り口を見ない。だって、あれって、客の品定めをされているようでいやじゃない？　自分が嫌なことはしないの。知り合いでもここでは知らんふりをして独り飲みたいときもあるのよ。

砂子は客の方から話しかけない限り余計なことは言わない。いつもひっそりとカウンターの向こうにいる。でも、ナオが誰かと話したくなったとき、彼は少し長めの髪をときどきかき上げながら聴いてくれる。どうしてナオが話したくなったのを察知したのか分からない。医師としての感なのか、それともバーのマスターとしての長年の経験なのか。受け答えもおざなりではない。そして、話の内容によっては注文もしていないのに、棚から珍しい酒をだして、「酔いなよ」と奢ってくれる。酒の色は透明だったり、琥珀色だったり、鮮やかなブルーであったりした。ナオは淀んだ血流がさらさらとなり、それぞれの色に染まるような気がした。

「売れ残った花がかわいそうで……」

「どうするの？」

「花の状態が悪くなったら半額に値下げしてできるだけ買ってもらうの」

「それから？」

「鉢植えだったら枯れた花や葉をとって宿根草や球根なら、来年はまた美しく咲きます、って書いておくと、これ安いわね、って結構売れるの」

「それでもだめなときは？」

「燃えるゴミに出すの。それが一番悲しいわ。経営から考えてもロスがない方が良いわよね。でも、最後まで残った花って何かを感じるの」

ナオはそう言いながら自分の今を、売れ残った花に重ねる。同じね、とつぶやく。ナオは、三月三日が誕生日だから、二カ月後にはいつの間にか、二十六歳になろうとしている。念願の大学入学とか結婚とかを二十五までにはどうにかしようと思っていたけれど、今はもう三十までには、と目標を変えた。

十代の女の子から見ると、すでにナオは姥桜らしい。

そういえばこのごろ、それまで時どきあった男友だちから誘われる機会も減ったかな？誘われるっていったって、飲みに行くだけだけれどね……。本当のことをいうと、ナオは男を知らない。女友だちもいないから、男と寝るという感じを聞いたこともないのだ。なんか男の性器が自分のあそこに入ってくる感じがつかめない。でも、男に興味がないわけではないのだ。ジーパンをはいた男の股間に眼がいくことだってある。夜、洗い髪にドライヤーを当てているうちに、ふと色が薄い乳首に手がいって、そっとつまんだり、撫でたりしているうちに、自然に指先が下の方の感じやすいところをさすっていることだってたまにはあった。

幼いころ、ちょっとの間、そこをいじると、快感のあることを偶然知った。母が気づいて、強く手を叩かれた記憶が今も残っている。

毎朝、鏡を眺めてみるが、少し四角っぽい顔は好きではないが、目はまだまだ濁っていないし、前よりどんどん色白になっていくように見える。肌は、ナオにとってはとても嫌な表現なんだけれど……、「血が流れているのが分かるわ」なんていわれる。そのうちに、心も身体もすべてがシースルーになってしまうような気がして不安になる。肌が白くなるにつれてその分だけ逆に心は濁り始めているように思えてならない。

年を重ねるにつれて確かに心は強靭になったし、甘い言葉にも反応が鈍くなったかな？でもこれってかわいくないんだよね、きっと。男にとって都合のいい女にはなりたくない。むしろちょっと煙たいけれど人情の機微を察することができて、どんどん楽しくなる奴。しかも、あいつめぇ、と言われながらも、でもかわいいよな、と陰口を叩かれるような根っこのところで決して女を忘れていない女になりたい。

ナオは砂子が医師からマスターへ変身する瞬間に興味がある。どちらが仮面で、どちらが本当の砂子なのか、分からないけれど、白衣を脱ぎ、マスターの扮装になるスペースは、どう考えてもバーにはないから、医院側に着替えスペースはあるのだろう。バーの入り口を入ってすぐ左手がトイレだが、正面は姿見の鏡がナオの前身を写している。医院からバーへ通じるルートはあの鏡の向こうにあるような気がする。ナオは鏡がドアになっていて医院へ通じていると思っている。

ナオは顔をあげて砂子の顔色を窺った。彼は眼鏡を外し、レンズをハンカチ状の布で磨いている。下を向いた鼻の付け根に眼鏡のノーズパッドの跡がくっきり残っている。それが砂子を神経質そうに見せていたし、また理知的にも見えた。ナオは下を向いて何かをしている顔が好きだ。誰でもとても引き締まって見える。砂子の場合も例外ではなかった。むしろ美しすぎた。

ナオは砂子医院に行ったことがないから彼の白衣姿を見たことがないが、マスターの格好は細身の身体に白いワイシャツと黒いパンツ、それに黒のベストが似合っている。きっと白衣より暖かさを感じられるにちがいない。もっとも今時の精神科医は白衣ではなくもっとお洒落な丈の短いドクターコートかラフな普段着姿かもしれない。

ナオは彼の手が好きだ。青い血管が幾筋か通っている。あの中を暖かい血液が流れているんだな、と思うと、なぜだか今まで沈んでいた心も浮き立ってくるから不思議だ。静かだから、どくどくと脈打つ鼓動が空気を伝わってくる。ナオが初めてここに来たとき、そう強く思った。それだからずっと通っているのだ。

クリーニング屋がおしぼり屋と同じような時間にワイシャツや診療衣を届けに来たりするので、家族がいるような気配はない。医院の方には、受付嬢や看護師など少しは女ッ気はあるだろう。しかし、バーには気配さえない。ナオはいつも聞きたいと思い続けているがなかなかそんな機会もない。少なくとも、バーの砂子は、客に干渉しない。あれこれ聞いてこないいから、ナオの方から質問するわけにいかない。

なにしろほっといてくれる。そのほどほどがここの居心地をよくしているのかもしれない。

小さなスポットライトが闇の床に無意味な輪を投げる。

時間が来たからそろそろ看板にしますか、とも言わない。他の客がいなくなっても、ナオが帰る合図を送るまでは、店じまいの気配さえみせない。いつ眠るのだろう。明日の診療にさしつかえないのだろうか。

試したことはないが、本に熱中してもきっと読み終えるまでつきあってくれそうな気がする。明け方までだって……。

水割りを一杯しか注文しなくても同じだ。でも、二時間に一回ぐらいはつまみを追加したり、その日の気分で水割りやハイボールやカクテルを注文したりする。

砂子が注文に応じてカウンターの向こう側を動くときだけ静謐な闇は攪拌される。あとは、淡い照明にきらきらと立ち上った埃が舞い騒ぎ、再び薄暮のような闇が満たされておさまる。

大晦日の夜十時、客はナオ以外誰もいない。

この店にはテレビがないから紅白歌合戦など年越し番組も見ることができない。もちろんカラオケもない。オーディオはかなり高級な装置が装備されているが、客が要望しないとかけないし、かけるときに、他の客がいれば、必ず承諾をとる。ナオは意地悪と知っていながら敢えて、今日は静かな方が良いわ、って言ってしまって客に睨まれたこともあった。ここでは先に来た客に選択の優先権があるらしい。曲はアナログのレコードでもデジタルのCDでも、新旧何でもリクエストに応じてまるで魔術師のようにカウンター内で何やら操作して流れる。

そのせいか分からないけれど、大晦日の晩にわざわざこのバーに来る客はいないようだ。第一、除夜の鐘が聞こえてくるまで、客がいれば、いやきっといなくても元旦の朝まで営業しているバーなんて珍しいではないか。三十日を仕事納めとするところが多いのに……。

ナオは年越しにこだわっている。

ナオの両親はすでにいないから、正月に帰省する実家もないのだ。もう三年続けて大晦日の夜はここで過ごしていたし、普段もぼんやりしたくなったらここに来ている。世間で言う入り浸りという感じだろうか。とても静かな穴場だと思って気に入っている。砂子にもいつからか、姓の山名でなく、ナオさんと呼ばれている。もっともナオには他に行くあてがなかった。恋人がほしくないわけではないが、まだあのときのことにこだわっていて、そんな気分でもなかったし、また積極的に男に話しかけるような性格でもなかった。引っ込み思案なうえに緊張なしではしゃべれなかったから、相手にどこかぎこちなさを感じさせてしまう。だから、独りで闇の中にひっそりと紛れ込んでいる方が心地よかった。

大晦日の夕方、小学生のナオはいつも父母と三人で年越しの行事をした。年越し蕎麦だけを食べるのでなく、譲り葉を敷いた皿に盛られたつき立ての生餅と焼いた餅を食べる。母はその餅を歳餅と呼んでいた。

「大晦日の夜は新年の始まりよ。大つごもりっていってね、特別なの。年神《としがみ》さんが来られるの。人は毎年、このときに、その気になれば、生まれ変われるの」母はそう言い、「おめでとう」と付け加えた。ナオは内心困っていた。だから、父に訊いた。

「お正月っていつから始まるの？」と。

「今日からよ」

父に訊いているのに母が答えた。

「そうかな？　お父さんは大晦日とお正月の間に僕たちが忘れてしまった時間があるよう

な気がするんだけどな」と父が言った。

「ああ、そういえば、昔はもっと新年がくることに緊張していたし、除夜の鐘と元旦の朝までの間に何かあったような気がするわ」母は懐かしそうな顔をし、「年神さんは天界から悪さをする子を見ておられて大晦日に懲らしめにくるんだって……このお餅は年神さんからいただいたもんよ」と続けた。

そのころのナオには、その目に見えない時間を感じることができた。しかし、今のナオには、説明出来ない記憶のようなものは残っているけれど、はっきり感じられなくなっている。確かに誰でも大晦日と元旦の朝までの間に、自らをリセットできる時間があったような気がする。だから人々は眠らないで年神さんが来るのを待って元旦の朝を迎えるのだ。それは二十六を過ぎるナオの心のなかでは茫洋とした記憶の欠片《かけら》となっている。あんなに純な気持ちで、「年の初めは一年の計よ。良い子になろうね。年神さんに懲らしめられるよ」と母の言葉に真剣に従おうと誓った日々がうっすらと甦る。正月はいつの間にか色褪せ、心の片隅にほんのわずか家族のぬくもりの塊として残っているに過ぎなかった。

ふっと、砂子が厚い本のページをめくる音が、妙に大きく聞こえて我にかえる。そして、彼に飲み物のおかわりを注文する自分の声や椅子の軋みやそれに応じて彼が本を置くかすかな音などを除いて、完璧な静寂がそこにはあった。カウンターの陰でよく見えないけれど、砂子はずっと本を読んでいるようだ。彼がトイレに立ったとき、表題だけでも知ろうとしてカウンター越しに覗き込んだこともあった。でも外国語の活字の羅列は小さすぎて読めなかったし、表紙には濃いブラウンのなめし革のカバーがかけられていて表題を知ることもできなかった。

「何を読んでおられるんですか？」

思い切って訊いてみたこともある。

「いや、たいしたものではないよ……」

と微笑むだけだ。

彼の背後の棚から飛行機の読書灯みたいな光束がカウンターの中に射し込んでいる。ナオにはよくわからないが、どこか普通の店と違った、何かがあるような気配を感じている。

「なぜ、大晦日は明け方まで店をやってるんですか」

「ああ、それはね、昔は新年を迎えるときは、年神を迎えるため、みんな眠らなかったよね。それが本当のような気がするからさ」

「あっ、それはわたしも感じます。母も同じこと言ってました。眠ってしまったら、惜しい気がするんです」

「そうだね。眠ってしまったら、生まれ変われないもんな」

「生まれ変わるんですか」

「いや、蛇の脱皮のようなものかもしれないね。年神さんが手助けしてくれるらしいよ」

「心が変わって今の大きさで収まりきれなくなって、大晦日と元旦の朝までの間に心を脱ぎ変えるんですか？」

「そう、汚れた心を新鮮な気持ちと入れ替えるんだろうね。しかし、この能力は歳をとるにつれて退化するらしいんだ」

「どうして？」

「わからないかな？　年々新年を新鮮に感じなくなっていくだろう？」

砂子が読書灯を消した。

闇がさらに濃くなった。砂子の目が煌めいた。ナオは薄くなりかけた気持ちをかき立てて来年こそは良いことがありますように、とまずありきたりのことを祈り、また来年こそは、密かに思う人と大晦日と元旦の朝とその間、なんて呼ぶのがふさわしいのか分からない時間、年神さんの時間とでも呼びたい時間を、ともに過ごしたいと思うのだった。そしてまた小学生の頃を思い出していた。

除夜の鐘が鳴っていた。

母は台所でおせち料理を作っている。毎年、紅白歌合戦を横目で見ながら煮しめ、酢の物、焼き物、黒豆、数の子、田作り、たたきごぼうなどを慣れた手つきで仕上げてゆく。部屋中におせちの匂いが立ち込め、ナオもほんの少しだけ手伝う。父は居間に座り込んでテレビを見ながら、次々と味見をしている。酒肴がいいから、酒もかなり進んだようだ。目が赤く蕩けている。

「だめよ。まずは年神さんからね」と母は父を止めるが、父の、うまい、うまい、の連呼に気分をよくしているようで、制止の声もおざなりでどこか父に甘えているように聞こえる。ナオも勉強机の上を思いっきり片づける。しっかり片づければ、年神さんが見てくれていて、新年はきっといい年になるという思い込みが強くなった。

店の内装は暗い照明の下で、蔵だった内部をできるだけそのまま活かした内装だ。調度は古いものなら、何でも似合いそうに思える。骨董屋のように聖観音像や刀剣や陶磁器など価値がありそうなものからがらくたまで、淡い照明の滲む壁や棚に陳列されていた。ナオは高さ三十センチほどの観音菩薩立像が好きだった。眉を寄せ、どこか困ったような表情でうつむき、ナオを見ようとしないような目線の行方が気になった。またすらっとした立ち姿も気に入っている。そばに置いてある薩摩切り子のブルーのぐい飲みに微かな光が反射してお顔が煌めいている。

ナオがこの店に来だしてから一年が経った頃だった。そばに座ってずっと眺めていたら、珍しく砂子が寄ってきて彼の方から話し始めた。

「気に入ったかな？　それ？　左手の蓮の蕾に亡くなった人の魂を入れて、西方極楽浄土へ運んでくれるのさ」

照明が暗いし、蓮の蕾は小さいから暗闇によく目をこらさないと蕾を象っていることが分かりにくい。

ナオはじっと見つめる。

ふと、観音立像の足下に一つだけ得体のしれないものがあった。割れた瑠璃色茶碗とその三角形の欠片《かけら》だ。

「これはなんですか？」

直接すぎる訊き方だったかもしれなかったが、できるだけさり気なくナオは言った。

「その瑠璃色のかけらは海のかけらだよ」

えっ、とナオは咄嗟にその言葉の意味を理解できなかった。その欠片が本体の茶碗より輝いて見える。

「そのかけらはね、彼の奥さんの足に突き刺さったもんなんだよ」

普段茫洋としている砂子の目が眼鏡の奥で冷たく光った。奥さん、と言ったとき、砂子の眼がほんの少し空を漂ったように思えた。砂子の奥さんのことを言っているのだろうか。それとも誰か、人妻なのだろうか。足に刺さり、女の気持ちが血となって流れ出る情景。なぜ、足に刺さったの？　嫉妬に狂って投げつけられた茶碗の欠片じゃない？　という噂を聞いたことがある。ナオはそれ以上詮索することを止めた。悲しすぎたから。

ナオも常連のよしみで、〈暖かい父と森と橋の記憶が甦る機器〉という一言を添えて……、橋専門の土木技師だった父が愛用していた、旧式の機械式計算機を飾り棚に置かせてもらっている。まだパソコンや電子計算機が普及する前の機械式計算機なんて、今はもう誰も忘れてしまったかもしれないけれど、棚に飾ると、骨董品みたいに重厚に見える。スポットライトに照らされた文字盤は黒い塗装が剥げて下地の真鍮が光っている。

橋の構造計算や工事費積算になくてはならないものだったんだよ、と言って取手の付いたハンドルを回していた若い父の後ろ姿を覚えている。

数字を合わせるときの、ジィ、ジィ、ジーという音と、ハンドルを回して計算するときの、チーンという澄んだ音が今もナオの耳の奥で響いている。

ジィ、ジィ、ジー、チーン。

それはナオの気持ちをすごく心地よくさせた。その計算機を見ていると、いつも一生懸命、最善を尽くして、橋を設計していた父の背中が浮かんだ。その背中にいつまでも頭を押しつけていたい気になった日々が湧き上がってくる。そして心が円くなる。

父はよく森の中に分け入って新しい道路の橋を設計していた。

「森はいいぞ」いつもそう言っていた。道路の計画線形に合わせて谷に橋を架ける。もちろん森をできるだけ痛めないで設計するんや、向こうの森とこっちの森と動物も通える橋を架けるんや、と目を細める。父の頭には架けようとしている橋のイメージが浮かんでいるのだろう。ナオも想像してみる。父の机の上にあったスイスの山岳鉄道が螺旋状に登攀しながら渡る、森に架けられた橋の写真が目に浮かんだ。石造りのアーチ橋だった。図書館で読んだトーマス・マンの『魔の山』に出てきそうな米栂《こめつが》の黒い森と唐檜《とうひ》の灰色の森の間の深い谷に架けられ、遠くにアルプスが見える。

高校生になったナオは、「今度、森へ行くとき連れてって……」と頼んだ。

「ああ、道がない森やからな」

父は曖昧に返事した。

次の瞬間もう、父は設計に没頭していた。

父の背中越しに計算機の音が聞こえる。

ナオが高校三年生になった春四月に、両親は新潟の小さな町にある、父の故郷の墓に詣でる途中、高速道路の事故で逝った。

ナオは森を創り、育てる仕事に憧れてめざしていた大学受験のため、夜遅くまで勉強していた。警察からの知らせがあったのは、十一時から始まるテレビの受験講座が終わって、もうあと一時間がんばろう、と思った真夜中の十二時を過ぎていた。突然の電話はナオの小さな肩をいつまでも震わせた。

勉強部屋の窓から見える外は菜種梅雨の名残のような雨に、街灯の光が滲んで見えた。


ナオはひとりっ子だったから、母方の叔母に引き取られ、高校はどうにか両親の蓄えで卒業できた。しかし、大学は断念するしかなかった。いや、叔母は大学へも行ったらええちゃあ、と言ってくれたが、ナオは甘えることができなかった。働いて大学に行けるようになったら行こう、と密かに考えていた。わずかだったけれど、父母が残した蓄えはそのときに使うつもりだ。

ナオは駅前の花屋に就職したい、と思った。小さいときから、森に憧れていたナオは、母の実家近くの雑木林で下草に混じって咲くササユリの可憐さに惹かれた。森の仕事ができないなら、せめて花に囲まれた仕事がしたかった。ナオは駅を降りると、埃っぽい駅前をぽっと明るくしている花屋で働くことを夢見た。考えるだけで気持ちが浮き立つ。

ところがその花屋は女主人がひとりでやっていたので、求人なんてありそうに見えなかった。

結局、進路指導の先生のつてでようやくその駅前の店を紹介してもらった。

「花のことは仕事をしながら覚えてくれたらいいわ。まずはお客様に笑顔をね」

女主人は、大きめのエプロンをしたナオに微笑みながら言った。それには自信があった。美人じゃないけど、笑顔がかわいいね、と人からよくいわれる。自分では分からないけれど、ナオの笑顔は周りを和ませるらしい。それと横顔が、いいね、とも言われた。

花の名前は好きだったからすぐ覚えた。薔薇の棘取りや水揚げ、コラージュや花束つくりなど少しずつ会得していった。

花屋に入って三年が経ったとき、女主人の甥の雅也が店を手伝うことになった。ひょろっと背の高い、瞳が普通の人よりひとまわり小さいのか、白目が大きく見える。

「あの子、この辺では有名な悪るだったんよ。うちの孫も脅されたんよ」

お得意さんのばあさんが教えてくれた。恐喝やオヤジ狩りを繰り返し少年院に入っていたという。女主人はナオに紹介しながら将来は店を彼に任せたいような意味のことを遠慮がちに言った。そんなことは、ナオにはどうでも良いことだと思った。私は森を創る仕事がしたいの、そのため、ここにいてお金を貯めているのよ、そう心のなかで呟いていた。

雅也は午後三時過ぎから風が出てくると、そわそわしだして、

「ウインドサーフィンに絶好の風や。きっと……」

と言って倉庫からボードとセイルを出し、海まで十分ほどの道を、道具を担いで徒歩で出かけていく。ナオも雅也と同じように風に混じる潮の香を感じる。風に煽られて岸に次からつぎへ押し寄せる白い波濤。その白い波頭が高く凶暴であるほどサーファーの気持ちは昂ぶるらしい。雅也は誰も聞いていないのに、出かける正当さを強調するため、興奮しながら花たちに説明した。

花屋が忙しいのは夕方なのだ。女主人の甥だからといって、いい気なもんね、心のなかでちらっと思う。でも、行って来たらいいわ、あなたがいてもいなくても同じだから……とか、そして高波が来て沖に流されて帰って来なければいいのよとか意地悪な思いも浮かんだ。このごろ、自分でも呆れるほど思いがめまぐるしく変わる。

女主人は何も言わない。言ったらいいのに、その方が彼のためよ。何も言わないなんて……、相手が私やアルバイトだったら普通、何考えてんのよ、水替えがたくさん残ってるわ、花は生きもんなんよ、と顔は穏やかだけど心に青筋を立てるんじゃないの。同じように言えば良いのよ。

そんな苦々しい思いで、後ろ姿を見送った。

雅也に批判的だったナオが、やさしい気持ちになったのは、彼女がお得意さんの生け花の師匠からの無理な注文を受けたのを、雅也が必死で対応してくれてからだ。女主人さえ、不可能だわ、ことわってもいいわよ、と言ってくれた仕事だった。

まだ桜には早い二月の初めだった。

「ええ、事情はよく分かりますけれど、ホントにむずかしいんです」

とナオが超お得意さんの花の師匠から電話注文を受けたときのことだ。どうにかしてよ、と粘る先方に渋っていると、

「何やねん？」

彼は受話器に耳を寄せて私に囁いた。頭を寄せ合ったとき、汗のにおいがしたけれど、嫌ではなかった。

「無理よね。来週までになんとしても、満開の桜の枝十本、そろえてほしい、だってさ」

ナオは受話器に手を当てて言った。

「いや、待ったや。心当たりがあるんや。昨日の新聞に載ってたんや」

「何が……？」

「プラントハンターや」

「あっ、ちょっとお待ちください」花の師匠に断ってから、ナオは雅也に顔を向けて、「それって？　イギリスの大航海時代のこと？」と訊いた。

「ちがうんや。現代さ。珍しい植物や、開花調整した花を探してくる仕事や」

「そんな仕事あるの？」と私。

「新聞切り抜いてる。インターネットで調べりゃ連絡先もわかるよ。急ぎだからあかんかもしれんけど、当たってみるワ」

雅也はナオに低い声で言った。

「開花調整した桜なんていやだわ」と呟いたナオに、「でも、お客さんがほしいって言ってるんやろ？　努力するんが仕事や。俺だって自然開花でない桜なんてきらいや」と雅也は眉間に皺を寄せる。ナオはそんなまともなことを言う彼に驚いた。その瞬間、本当の雅也を見たように思えた。普段ははにかんで横を向いているだけなんだよ、と。

彼はそれから新聞の切りぬきを頼りに問い合わせていたが、開花調整ものは事前予約でないとね、となかなか思ったような回答を得られずに喘いでいた。電話にかじりつき、一生懸命話をしている雅也の後ろ姿を見たとき、父の後ろ姿に似ているとナオは思った。

期限の二日前、もうだめかとナオも諦めかけたとき、その花卉問屋から連絡が入った。産地で予備に確保した分で注文に応じられそうだという。

初取引であるにもかかわらずどうにか発注できたらしい。

「信用ないから現金払いや。叔母さんもぶつぶつ言いよるけど、荷が届くんは納期の朝。いい品もんかは賭やな」

雅也の苦渋の顔が笑顔になっている。心を込めてベストを尽くす、それは父の背中に感じたものに似ていた。

その瞬間、父と雅也が重なり、ナオに雅也の心が響いた。


駅の枝垂れ桜が満開になったころ、ナオから言い出して、初めて海沿いの国道にある、美味い、と評判のラーメン屋に連れて行ってもらった。

「ラーメンは朝、昼、晩と三度でもええ。これから毎回ここに来て、海沿いのラーメン屋の味を制覇せぇへんか？」

雅也は汁まですすりながらナオに言った。ナオはどうせ行くなら、行ったことがない町のレストランに連れて行ってほしかった。でも、何も言えなかった。

「危ないやんか。車道側を歩いたらあかん」

と彼はナオを子ども扱いした。どう考えても雅也はナオを女として見ていないように感じる。しかし、人が噂するほど乱暴ではなかった。ちょっとしたことで、すぐ顔を赤らめる、単なる気のいいはにかみ屋でしかなかったのだ。

「オレ、何か気に障ること、言ったかなあ？」

ナオが楽しくない顔をしていると、自分のせいではないかと思う、びっくりするほど繊細な心の持ち主だった。


「風に向かってサーフするんでなく、風に動かされている気分がええんや」

と、彼はいい風が吹くと、相変わらずそわそわして店をほったらかし、海へボードとセイルを担いで走って行く。ここにいるのは彼にとっては、サーフィンするのに便利だからに過ぎないと思えた。

その後ろ姿をナオはそっと見送った。

いつも真っ黒に日焼けした笑顔をナオに見せる。彼女にとってすべてが初めてだったから、雅也が何を考えているか分からなかった。思いを言外に込めて言っても、彼は気が付かないようだった。

「ナオさんは笑ったらええ。この頃、暗い顔しすぎやで」

雅也は言う。ナオもそう思っている。思いっきりの笑顔を見せたい。しかし、そうしたいと思えば思うほどうまくいかないのだ。心は内側からこわばってくる。


例年より暑い夏が来た。

花屋は暑さが大敵だ。花持ちが悪い。それだけ頻繁にお客さんが花を買いに来てくれそうな気もするけれど、その前に花が息絶える。もともと切り花は疾うに生命を奪われてしまっているといえば、そうだけれど、多くの人が美しさを愛でることで根無しの命をほんのちょっと長らえていると、ナオは思いたかった。植物は動物と違って動けないから安易に生命を軽んじられるきらいがある。植物にも好き嫌いがあることはわかっている。嫌いな人が近づくと、ブーイングしているらしいという研究結果もあるという。

町の大川河口で花火大会が計画されていることをナオは駅のポスターで知った。

「大川の花火大会行かない？」

ナオは店で花の水替え作業のとき、そっと雅也に囁いた。浴衣姿を見てほしかった。

「ああ……」雅也は瞬間、言い淀み、「その日な、先約があるねん。隣町で花屋の集まりや」作業を続けながら下を向いたまま言った。

その日は朝から暑く、夕方になっても衰えなかった。汗が身体を伝うのがわかる。ナオは買ったばかりの新しい浴衣を着た。黒地に向日葵の花模様が気に入っていた。

雅也に見せたい気持ちを秘めて独りで花火を観に大川に行った。

土手に立って花火が始まるのを待った。やがて辺りが暗くなり、人々の顔も分かりにくくなった。

浴衣がけの見物人も増え、楽しそうな笑い声も辺りに満ちている。

ナオの心は沈んでいる。淋しかった。そのせいか花火が定刻の八時になってもなかなか始まらないのに少しだけ苛立ちを覚えていた。

涙が出そうになったとき、父が闇に浮かんだ。

「今日は父さんで我慢するんだ。いいね」という声を聞いたように思う。ずっとナオのそばにいるらしい父の声はナオの頭の後ろから聞こえてくる。

ようやく始まった花火はスルスルと火の玉が夜空を登り、行き着いたところで炸裂して菊の花を思わせる大輪を咲かせたり、一気に昇り龍のような火の玉が闇の天空を駆け登ったり、たどり着いたあたりで椰子や柳の葉のようにさまざまな色をした火の傘が開いた。ナオは独りでも雅也を思いながら儚い花火を観た。

楽しくなかった。

最後近くに映画で観た照明弾のような光が漂う花火のとき、ふと、黒い頭の群れの中に、ナオは雅也と見覚えのある客の若い女の楽しそうな横顔を見つけてしまった。

あとはどうして帰ったか、よく覚えていない。とにかく浴衣の裾も乱し、汗まみれになってアパートまで駆け続けたように思う。気持ちは胃の下ぐらいにあってしきりに苦しみと悲しみの混じり合った愁いを喉元へと嘔吐《えず》かせた。暑さは感じないのに、汗と涙は止まらなかった。

アパートの入り口にある欅の大木の黒い塊の中で夏蝉が一声、ぐずって鳴いた。

心にだんだん薄墨のような黒いものが溜まってきて、店の花の色がモノクロのように感じられる日もあった。ナオは店で雅也と顔を合わせるのが苦痛だった。彼はナオが楽しそうにしているふたりを見てしまったのを知らないから、またラーメンを食べに行こうな、って言ってくる。ナオは顔の表情がわからないように下をむいたまま黙っていた。雅也はいつものように風を見に店の外に出て行く。

そのころ、ナオは人からもう、笑顔がいいね、と言われなくなっていた。笑い方を忘れてしまったようだ。でも、心が暗くなるにつれて、肌はさらにびっくりするくらい白く透き通るようになっていった。別に食べるものが変わったわけでもないのに、心が身体からすべての色素を吸い取って行くように思えて怖い。

昨夜ケーキを酒肴に缶ビールを5缶も飲んでしまった。その後、セロハンに包まれた小さなチョコレートを一袋完食してまだ足りない気持ちで空の袋に手を突っ込んで虚しさを探した。

とても気持ちがつらい、残酷にも、凄惨にも、それに反比例して雅也への思いはどんどん募っていくのだ。彼を断ち切りたいが、毎日、同じ夢を見た。雅也に抱かれそうになる寸前までの夢だ。夢から覚めると、尖った乳首が痛かった。身体や心のあちこちにだるさが残る。

こんなとき、父が生きていたら、と思う。大好きな森や橋のことをゆっくりと何も知らないナオが理解できるように話してくれるかもしれない。夢でもいいから会いたい。しかし、父の夢を見たいといくら願っても父は夢に現れなかった。雅也を好きになったのは、父さんの背中に似ていたからなのよ、とナオは見えない父に言いがかりをつける。

突然、小学六年生のときに、父から聞いた〝猿橋〟のことが頭に浮かんだ。二、三日前にＴＶで観た猿橋の映像が心に残っていたからだろうか。

「深い谷を渡るのに、猿たちが身体を張って支え合い、橋を造る。それにヒントを得て岸から伸ばした四層のはね木で橋桁を支える構造なんだよ」

父は少しかすれた声でそう言って、歌川広重の『甲陽猿橋之図』の写真を見せてくれたのを……。

ナオはベッドに潜り込んで泣いた。雅也がいない世界はモノトーンというより極彩色に見えた。それがかえって綺麗すぎてナオの心にしっくり来ない。少しくすんで色褪せていた方が、ナオの揺れる心は共鳴出来そうだし、現実味があるように思える。

二日が過ぎた。眠れないし、食べられないし、トイレに行くにもふらつく。壁を伝い、トイレで何も食べていないのに嘔吐く。ナオの身体は雅也のすべてを吐き出してしまいたいと思っているようだった。

ようやく立ち上がって店に行き、辞意を伝える。

「あなたがいなかったら、やっていけないわ」

女主人は真剣に慰留してくれた。けれど、雅也のいる店で今までと同じように勤めることはできないと思った。もちろん心の何処かに残りたいという気持ちがあるのはわかっていた。眼をしっかりと閉じて消去に努める。虚しいことと分かっているのに……。

「困ったわ。今、あなたがいなくなったら……雅也がね、東京へ行くって……もう少しここに居て」

女主人は願いの目でナオを見た。ナオも辞めたくて辞めようと思ったわけではない。雅也が居なくなるなら、苦しまなくてすむ、正直いって花屋の仕事は好きだ、と思わず肯いてしまった。でも心の氷塊は溶けないまま身体の中を漂っていた。時どき、はっと気づいて自分のしつこさに驚きおののく。


小さな気配が立ってマスターがカウンターに、磨き上げられたグラスを二つ並べた。赤と青の切り子のグラスがブルーとレッドの煌めきとなって見えた。

時計をみると、あとわずかで新年だ。マスターはカウントダウンの準備を始めたらしい。

「ナオさん、もう誰も来ないでしょう。ふたりでカウントダウンをしましょう」

「ええ、わたしにとってここでの四回目のカウントダウンです」

いくら暗い顔だといっても少しは笑顔を作らなければ、とナオは思った。少し唇の力をゆるめて笑いのポーズを取ろうとしたが、口の周りが引きつるような感じがしてうまくいかない。自分で確かめられないので、歪んだ自分の顔を想像してよけい惨めになった。

マスターは赤い切り子のグラスに淡い琥珀色の液体を注ぎ、ナオの前に置いた。

壁に架けられた柱時計の針が午前零時を告げようとしている。

「おめでとうございます。それでは新年の乾杯をしましょう」

「ええ、おめでとうございます。よい年になりますように、乾杯！　年神さんにも乾杯！」

ナオはマスターの心地よいバスに和し、一気に香高い液体を飲み干した。楊貴妃が好んだお酒です、とマスターが言っているのが聞こえる。やけに甘い。飲みやすいから酔いそうだ。

「これなんですか？」

「当店自慢の自家製桂花陳酒です。金木犀の花びらを白ワインに漬け込んだ迎春酒です。

新春を感じませんか。身体中の血が暖まってしあわせな気分になれるんです」

「なんだか浮かれた気分になりますね」

ナオはマスターの言葉につられて応じた。でも、ナオの気分とは違っていた。強がって本心と逆のことを言葉にしていた。

「なんか悩んでおられるような気配を感じたもんですから……、三年目を過ぎたお客さんの気持ちはわかりますから。音楽でもかけましょうか」

ナオはうなずき、「いいえ、何も……」と言い淀んだ。さっきまで雅也のことを思い出していたことをマスターはお見通しなのだろうか？　まさか雅也のことは知らないと思うけれど、誰かを思う心は伝わってしまうものかもしれない。父のことだって雅也に重ねて思っていたわ。もしかしたら、雅也より父を強く思ったかもしれない。

でも、酒が効いてきたせいか、心が浮き立つのが分かる。あの琥珀色の酒。たった一杯しか飲んでいないのに、辺りが茫洋として酔った気分だ。香りがいい。

気分も皮膚もむず痒い。元旦の朝までのこの時間に、着古された衣服も心もすべて投げ捨てさえすれば、今なら、あの子どものころの純粋な気持ちを取り戻せると感じていた。ひたひたと満ちてくる潮のように、その気持ちを心に満たしさえすれば、ナオが変わろうと願いさえすれば、心も何もかも脱皮して新しいナオになれる、と思った。

ナオは心地のいいロッキングチェアに座っている。大きな芝生地が果てしなく広がっていて、その果てに、頂きに雪を被ったアルプスのような雪の連山がパノラマとなって見える。頂上に少し雲がかかり始めている。椅子はゆらゆらと揺れる。頭の位置が眠気を誘うぎりぎりの角度に保たれ、どこかで聴いたことのあるクラシック音楽の低い音が、ナオのいる空間に満ちている。

その声はナオが知っている父の声か、もしかしたらマスターの声かもしれないが、曲の進行に合わせるように聞こえた。その声は低いが、ナオの心を掴んで離さない。心を解きほぐし、気力を奮い立たせる。ＢＧＭよりもっとナオの心を解きほぐしてくれる。

「ナオさんは笑顔がいいね。その笑顔を忘れちゃいけないよ。今、何かにこだわっているね。それをみんな話してごらん。楽になれるから……」

ナオは心の内を話したくなる。

茫洋とした意識のなかで話し始める。

朝から黄色の薔薇がやたらと売れていたわ。心が黄色い薔薇を求めているから。黄色は、もっとあたしを見て、というサインでしょ？　でも、雅也は店の外に立って、しきりに風の動きばかりを窺い、街路樹の根元に繁る野草の葉を千切って風に流し、風向きを見ていたわ。駅前の雑踏の音がいつの間にか海を渡る風音となって、さざ波の音が煌めく光にまぶされて心地よくあたしの心に染み込んできたの。

「どうしてもっとはっきり彼に気持ちを伝えないの？　彼は行ってしまうよ」

とあの声は語りかけてくる。

だって、心のなかに薄墨色の靄が立ち込めてきて苦しかったの。あの人は誰？　と確かめることはもちろん、あたしの気持ちを伝えても拒絶され、すべてが決定的になるのが怖かったわ。少しずつ心に狂いが起き始めていることにも気づいていたの。素手で薔薇の棘取りをするのがプロの花屋がすることなんだけど、あたしの技術はまだ完璧でないから、棘をしごく手は血だらけになるわ。そして、その手で、笑っている雅也の顔にその血を塗りたくりたくなるような瞬間が来そうな予感がしたわ。それって、あたしが堕ちる瞬間を意味してるじゃない？　それに自分では意識していないつもりだったけど、両親の、特に父の死があたしの心を暗闇に突き落とし、歪めたように思うの。つぶれて炎に包まれた車の中で死んだ両親の叫び声を何回も聞いたような気もするわ。もしかしたら、雅也でなく苦悶を浮かべる父母の表情が次第にあたしから笑顔を奪い取ったのかもしれないわね。何があたしを苦しめているのか分からないけどね……。

「あなたは何も苦しむ必要はないのです。今流れている曲をゆったりと聞いてください」

この声はいつも聞いている声。とても懐かしい声。父の背中を思い出させる。でももっと最近、聞いたような気もする。マスター？　それとも年神さんかしら？

この香りは何だろう？　とても気品の高い甘い香りだ。酒の香りかしら？　病院のにおいにも似ているとも思った。どこか深い穴の中を墜ちていくような感覚が聞こえてくる曲に絡まって心に染み込んでくる。ナオは自分の気持ちが次第に快く揺れ始めるのを感じていた。

「この時間はあなたの心をもとに戻してくれるんです。昔は正月が巡ってくるごとに、大晦日から元旦の朝までの時間に限ってですが、簡単に心をリニューアルできたんです。歳を重ねるにつれて、その昔帰りが容易ではなくなるんです」

芳香が強くなった。この香りの中には何か催眠を誘う成分か、今までの記憶を跡形もなくすっかり消去してしまう成分でも含んでいるのだろうか？　意識は朦朧としているが、ナオは吹き抜ける心地よい風を感じている。

雅也がウインドサーフィンに乗って海原を走っている。透明なセイルに斜めに描かれたMASAYAの黄緑色の文字が見える。

父が「森はいいぞ」と何回もつぶやきながら森を歩いている。ナオにはわかっている。森をできるだけ破壊しないで、どこに橋を架けたらいいか、架橋サイトを探しているのだ。にこやかな笑顔がナオの方に振り返る。

その爽やかな様子が映像となってリフレインされ、ナオの気持ちも心地よい。今、あたしはきっといい笑顔をしている、とナオは思った。父の声か、いや年神さんか、よくわからないけれど、懐かしい、愛着のある声は相変わらずBGMに乗って聞こえてくる。

そのゆったりとした心地よさに浸りながらナオは未だ夢の中を彷徨っているようだ。

あたし、いい笑顔の人に戻りたいの。

ナオはそれしかないと思った。笑顔を何処かに置き忘れて来てしまったあたし。今の記憶をすべて削除して、父や母と無邪気に笑いあっていたあのときの、もとの心を取り戻したいの。そんなことできるのかしら？

「前の心を完全に取り戻すことは無理です。でも、一回限りでしたら、大晦日と元日の朝の狭間でしたら何とかなるかもしれませんね。新鮮さを感じたらしめたもんなんですが、しかし……」

何か不都合なことでもあるのかしら？

ナオは声が言い淀んだことに敏感に反応している。

「いや、何でもないんですが……」

そんなことかまわないわ。今みたいに沈んで生きているよりましよ、ナオは半分やけになりそうな気持ちで叫んだ。

「でも時どき、今のままの方がいいという人もいるんです。過去の心や新鮮さを取り戻してどうするの？　って」

そうかもしれない。今を受け入れることが大切なのかもしれない。ナオは、いい笑顔を持つナオも、哀しい顔ばかりしているナオも、やさしいナオも、気むずかしいナオも、冷たいナオも、意地悪なナオもいる。もしかしたら、人を殺しかねない恐ろしい心も隠し持っているかもしれない。そんな複雑なのがナオなのだ。その方が、魅力があるようにナオには思えてきた。

そして、落ち着いたらやはり、念願の〈森を創る仕事〉をやってみたい、と思った。

鳥の声が聞こえる。

ナオはバーのソファで眼を覚ました。身体には毛布がかけられている。暖かい。店は暖房が入れたままになっていた。

マスターは何処へ行ったのか、姿が見えない。読書灯の光束は消え、カウンターの向こうはまだ例の薄闇に沈んでいる。

ナオは眼をこすり、頭の奥にかすかに残る記憶を甦らそうとして辺りを眺める。

何も思い浮かばなかった。でも、頭はすっきりしている。心に新鮮な息吹を感じる。泉の底から湧き上がる清水のように勇気が満ちて来て漲る。

清々しい元旦の朝だ。朝日が東の窓から射し込み、厚い木のテーブルの上に暖かそうな四角い日だまりを作っていた。

その中に譲り葉の上に懐かしい二つの歳餅を載せた皿が置いてあった。

愉快な気持ちが込み上げてくる。

毛布をきちんと畳んでソファの上になおし、テーブルに、素敵なカウントダウンありがとうございました、とメモを置き、外に出た。

そのとき、隣の砂子医院から人が出てきた。

「よく眠れたかい？　いい笑顔をしているよ。ことしもよろしく」

そう言って、マスターは赤いドアを押した。

椎《しい》の灯火茸《ともしびたけ》

朝から雨が降っている。

そろそろ梅雨も明ける時期だというのに、一向にその気配はない。何年か前までは雷雨を伴って派手に梅雨明けを宣言していたように思うのだが、近年は雨季の間だけでなく桁違いのゲリラ豪雨や雷雨や竜巻が列島を襲い続けているので、それと比べると、梅雨はいつの間にか明ける。

僕は昨日の某紙に掲載された「光るキノコ」が気になっている。数年前からいつも今ごろ記事になる。今年も神戸の六甲山系で見つかったという。写真もカラーで載っているから本物のようだ。僕はブログ用に是非撮影して誰憚ることもなく自分の写真として発表したい。新聞記事は希少植物収集マニアの乱獲や写真マニアの殺到を恐れて撮影箇所が分からぬよう、写真も本文も配慮されている。その写真を見ると、僕の体内が熱を帯びてくる。

数年前から六甲山系の地図を部屋に貼ってめぼしい箇所を探しているが、まだ巡り会っていない。

「しいのともしびたけ、というのよ」

僕は五十歳、もう決して再婚はしないと思っているバツイチだ。小さな造園設計事務所を経営しているが、依頼された日本庭園の設計に疲れて、ふとそんな合間に思い出す「茸研究会」の瀬名瑠璃子の声が耳の奥でこだましている。彼女もバツイチの三十歳と言っている。僕は一人っ子で、まるっきり女の気持ちが分からない唐変木と言われて、先妻と別れたが、瑠璃子の離婚理由は知らない。

「椎やから、椎の木に寄生して光る茸やな」と僕は誰もいないのにつぶやいて辺りを見回した。僕にはいまや何かに寄生して生きたいという気持ちはない。独り生きることがいつの間にか心地よいもののように思われた。

「そうや……。だいたい、スダジイやシマサルスベリの朽ちた幹に寄生して光るらしいわよ。同属にヤコウタケというのもあるわ」と瑠璃子の声は空耳か？

「そうか」と設計事務所の丸めた図面の筒や書類の山に僕は頷いてしまった。事務所の洗面所の冷たい水で顔を洗い、鏡に映し出された顔を眺めた。額のしわがまた増えたように思える。頭も少し薄くなった。眉と眉の間は異様に離れていて、笑うと目がなくなった、と思えるほど細くなり、唇の上、すなわち鼻の下はまるで映画『猿の惑星』のメイクアップみたいにお椀をかぶせたように、卑しくふくらんで見える。

「梅雨の末期ころ雨が止んだ夜に光るらしいわ」

どうしたことか、今日はいつもか細い瑠璃子の声が良く聞こえる。まるで雨が瑠璃子の身体にエネルギーを注入したようだ。瑠璃子は秋のシーズンには何回か開催される茸採集に同行する「茸研究会」の茸好きの女友だち。セックスをしたわけでもないが、気にかかる女性であることは間違いなかった。

この雨の降り方だったら、やがて雨が止めば今日の夜、夜になって上がれば明日の晩、光る茸の生息地を見つけ出せるかもしれないと思った。出現場所は曖昧にされているが、六甲山系の何処かで光る茸は発光しているのだ。しかしスダジイや椎の生息地はだいたい分かっているのだからじっくり腰を据えて探せば、見つけ出すことが出来そうな気がした。部屋に貼った地図に探索した箇所の×印が大分増えた。だが、その数が増えるにつれて僕の心の芯で光る茸のへ熱い思いがなお一層、滾《たぎ》るような気がした。

西の空がほんのり明るくなった。雨が止む気配を感じて、僕は夕方から山へ行くつもりで用意をはじめた。

市の農業関係の外郭団体の経理部にいる瑠璃子にラインで、

〈今夜、雨が止んだら、光る茸を見つけに六甲山へ行くけど……〉

と知らせた。

〈わたしも行きたいわ〉

すぐ返事が来た。さすが茸女だ。

〈どうぞ、市役所の花時計裏で待ってる。黄色のランドクルーザーや。ただし雨が止んだら、だけどね。中止のときはメールするよ〉

と右手の人差し指一本でたどたどしく打つ。若者がメールをするように親指では出来ないのだ。

〈分かったわ。雨きっと止むと思うよ〉

と電光石火という表現がふさわしい早さで返信があった。

こうなると、僕は光る茸だけでなく輝く瑠璃子への期待も高まった。雨が止まなくても夕食ぐらい思い切って誘ってみようと思った。嫌だったら、断るだろう。

去年の梅雨時、ひとひとと長雨が続いて気が滅入っているときだった。僕は新聞の朝刊一面に載った光る茸の記事をまた読んだ。ちょうど、「茸研究会」に入会して間もなくのことだ。

そこで僕は瑠璃子と知り合った。彼女は、目は小さいが、ほっそりとした顎の顔は小さく色白、そんなにスタイルがいいわけではないのに、なぜかすっきりとした印象だった。何かの拍子に白目と黒目がひっくり返った。彼女がどういう気持ちのとき、そういう表情になるのかまだ分かっていない。

僕は茸探しにどんな格好で行ったらいいのか分からなかったから、仕事で施主と会うときのワイシャツの着古しに毛糸のベスト、綿パンに新品のトレッキングシューズで参加した。薄手のヤッケを持っていたが、荷物になるのを嫌って置いてきた。雨が降ることは覚悟していたが、ちゃんとした合羽を、仕事が前日まで混んでいて用意する時間がなかった。それで何処かのイベントでもらったピラピラのビニールポンチョをハイキングバッグに突っ込み、あとは折りたたみ傘で対応するつもりだった。

新入会員の紹介を受けたとき、いよいよ雨が来た。僕はナイロンポンチョを着て傘をさした。

「あなた、山上さんよね？　コートは？　それにその雨具、何よ。雨の日は冷えるの。低い山でも甘く見たら怖いわよ」

瑠璃子の言葉は至極もっともだったが、僕には端々にいけずのニュアンスが込められているように聞こえた。

「分かっているよ。次までにはなんとかみんなに追いつくよ」

僕の答えが気に入らなかったのか、ぷいと、横を向いてしまった。

(清楚なイメージなのにいけ好かない女やなあ)

それが、僕が瑠璃子に持った第一印象となった。それなのに「茸研究会」の例会で六甲山に登り、ハイキングシートに並べられた茸類を前に記念写真撮影のとき、いつも瑠璃子は僕の隣に写っている。しかし、現地では輝いているのに、後で、写真を見ると、どこか消え入りそうに見える。

これは僕の心にある変化をもたらした。写真が配られると、無意識に瑠璃子を探してしまうのだった。そばに写っていないことはほとんどなかったけれど時たま、いたはずなのに集合写真に瑠璃子がいないことがあった。

「このとき、どこかへ行ってたのかなあ?」

僕は彼女に訊いた。

「あら、いたはずよ」

「でも、写っていないよ。どこにも」

「そうかしら？　誰かのうしろにいるのよ。きっと……」

瑠璃子の黒目と白目がひっくり返っている。すぐ笑顔に戻ったが、明らかに何かを隠しているように、僕には思えた。


その年、楓類など落葉広葉樹が紅葉し始めたころ、「茸研究会」は例会で丹波地方に天然の茸狩りへ行った。

山の案内と講師はこの道五十年の地元の人に頼んだ。眼鏡をかけた小柄な老人だった。白髪の太い眉毛がぴーんと跳ね上がっている。その毛先が老人の意思の強さを表しているように思えた。未だ眼の輝きは若者と同じような光を保っている。僕は疾うに失ってしまったものだった。足下の地下足袋が似合っている。

「疑わしものは絶対食べないように。くれぐれもよろしくお願いしますね。茸は怖いです。わたしでも分からないものがたくさんあります。みんな美味しそうな顔をしていますから」

講師はその後、怖いです、こわいです、を繰り返しながら一行の先頭に立った。瑠璃子は、と意識すると、僕の後についてきているのが分かった。講師のすぐ後には会の代表や役員たちが続いている。僕は総勢二十一名の中ほどを歩いているらしい。

道は頭を上げると、前を行く人の尻が見えたからかなり上り勾配だ。私は少し荒くなった呼吸を整えるために、立ち止まった。

「何、休んでいるの。早く歩きなさいよ。後がつかえるわ」

「急かさなくてもいいやないか」

「途中で休まれると、こちらのペースが乱されるのよ。いっそのこと、しんがりを歩いたら」

「いや、大丈夫さ。瀬名さんに急かされるようでは終わりやな」

僕は内心いきり立っていた。登り道の丸太階段を一段飛ばしで上がった。

「そのペースは命取りよ。もっとゆっくりね」

瑠璃子の声は少し笑いを含んだ感じで聞こえた。

(分かってる。上がりは歩幅を狭くして登るのが常道)

彼女に注意されると、なぜか一言ひとこと、腹が立つ。

そう思いながら、無視して登った。瑠璃子のついてくる足音はヒタヒタという感じだった。こう引っ付かれてはどこか窮屈な思いが僕のなかを占めはじめていたが、その思いがまったく生理的に嫌だというわけでもなかった。僕は呼吸のリズムを途中で変えたが、もしかしたら、それは後の瑠璃子の息づかいに、無意識のうちに合わせようとしていたのかもしれなかった。いや、僕の心境は瑠璃子に前を行かせて後から密かに体型などを観察したいような不埒な気分になっていた。

道は落葉広葉樹と常緑広葉樹が適度に混交した森林となった。もう少し標高が上がれば、ブナ林もみることが出来るかもしれない。六甲山ではブナ林はあまりみられないが、標高八百メートルを超した北側斜面に生息していることが多い。しかも人の手によって植林されたものが主だった。だから、ここは少し標高が上がれば観ることが出来た。

林内は少し荒れている。全国的な現象だけれど、高齢化が進んで森林守の仕事が追いつかないのだ。朽ちて苔むした風倒木が登山道から何本か見えだした。今朝落ちたかもしれない紅葉黄葉を踏みしだいて歩く。

道は小さな渓流沿いを登り始めていた。せせらぎの音が僕の心を洗う。熊に出くわすかもしれない。鹿は普通に見かける。一本の大イタヤカエデの黄葉が迫ってきた。対岸の切り立った岩場を山楓が真っ赤に染めている。赤といっても、微妙な朱か、いや真朱か、赤紅か、黄色が冴えた猩猩緋《しょうじょうひ》にも見え、よく観ると、緑から緋色までそのグラデーションは人にはいくらあがいても作り出せないものだった。

突然、前方を行く講師が渓流に下り始める。もうだいぶ歳のはずだが、身のこなしは軽やかであった。むしろ若い僕の方が丸太階段に躓いてあやうく転倒するところだった。辛うじて踏みとどまる。高校まで続けた柔道のお陰だったかもしれない。瑠璃子も無言でついてくる。講師の突然の進路変更も苦にならないようだ。息が弾んでいるのは僕だけかもしれない。

渓流まで道はない。講師の登山帽が斜面を滑るように見える。僕は無意識に瑠璃子に手をさしのべていた。彼女は素直に応じる。登山用手袋をキチンとしていたが、それでも何だか冷たい。無言でふたりは手をつないだまま斜面を下りる。

講師は渓流の流れに沿うような風倒木を指さしている。倒木に沿ってごく薄い茶色の茸がほぼ一直線に列をなしていた。僕はその樹が渓《たに》を土石流とともに下り、いつからかこのわずかな淀みにとどまって苔むし、朽ちる我が身を微生物や菌類の新たな生命に委ねたか、過ぎた時間を思う。

「これはブナの風倒木です。上流からの流木ですね。この茸はなんでしょう？」

誰も間違うことを恐れて答えない。

やや間ができた。

(ブナだから、ヒラタケに似ているけれど……うかつに言えないなあ)

僕は自信がないので黙っていた。倒木に寄って観察していた瑠璃子が言った。

「これはヒラタケですね」

彼女は講師に確かめるように言った。

「ああ、よく分かったね」

「色が椎茸より薄いし、ヒラタケに似ている毒茸のツキヨタケはもう少し後の時期、と聞いたことがあります」

瑠璃子の顔がほころんだ。一行の目が彼女に注がれている。僕も遠慮なく彼女の横顔を見ることができた。顎の線がほっそりとしていて涼しい。

「そうです。学名は、属名・横についた耳、種小名・牡蠣のような、という意味です。このように現物を見ると分かりますが、重なりあった牡蠣に見えるでしょ？　香もなかなかいいですね」

講師が頷いて言った。

「夜道で枯れた立木にツキヨタケが連なって光っているのを見たことがあるんです。上弦の月でしたけれど、まるで月への光る階段のようでしたわ」

彼女の声が少しうわずった。彼女はその光る階《きざはし》を伝って月光に照らされながら月に登ろうとしたのだろうか？　誰と？　漠然とした思いが浮かぶ。

来年のことを考えて、ヒラタケをいくらか残してみんなで分け合って採集した。

講師が樹冠の間に見える、灰色の空に黒雲が逆巻きはじめたのを見上げている。雨は止む気配はない。僕は身体から熱が奪われていくのが分かった。

寒さを感じる。

瑠璃子のフードの先から水滴が滴っている。伏せた顔もいい。理知的に見える。僕はなぜか、最近流行の花柄の十六本骨レディース傘をさしてすらっと立つ瑠璃子を思い浮かべていた。

「渓流から出来るだけ上の道を行きましょう」

講師がみんなに聞こえるように大きな声で言った。そういう間に渓流の水量は増し、水が濁ってきた。川幅も倍になっている。渓流沿いの雑木に引っかかったビニール袋の切れ端が風に揺れている。僕はこんな山の中で人間が投棄したビニール片を見て悲しくなった。しかし、切れ端は眼の高さより上なのが、気になる。水位がここまで上がったことがある証拠なのだ。

僕はある不安に駆られていた。一行が鉄砲水に一気に流される情景だった。二〇〇八年七月の神戸都賀川の水難事故を思い出していた。一瞬にして児童三名を含む五名の方が濁流に呑まれて亡くなった。

僕はとても臆病なところがあった。いったん、そんな妄想に取り憑かれると、容易にその不安から逃れることができなくなるのだ。

さっきまでの渓流に濁流の兆しを感じる。講師の顔が曇っている。登るか、引き返すか、考えているのかもしれない。

「今日は雨が止みそうにないので、茸観察はこれまでとします」

講師は自分に言い聞かせるように言い、「この谷筋を戻るのは危険です。少し遠回りになりますが、渓谷から思い切って尾根筋に出て別ルートのハイキングコースから里に降ります」と続ける。山で道に迷ったら、高みに出る。それは山登りの鉄則だ。それは何かに迷ったときも同じだと、僕は思う。高みから全体の様子を観よう。

どこかの山で独りはぐれた幼児が渓に下ることなく、少し高いところに登ってじっとしていて助けられた例もある。人は成長とともに本能として持っていた生きるための力を失うのかもしれない。

一行に一瞬、ざわめきが起こり、すぐに静まった。

「早く尾根筋に出ましょう。ハイキングコースもやがて川になります。滑って事故が起きます。その前に降りるのです。それから雨具を点検してください。身体が濡れたら、命取りになることだってありますから」

講師はみんなに雨具の点検を促した。僕は内心、どきっとした。瑠璃子に雨具の不備を指摘されてから気になりながらも、忙しさにかまけて合羽の用意ができていなかった。瑠璃子の冷たい視線。彼女は、山の油断は死に繋がると忠告してくれたのだ。

そのヒラヒラのビニールポンチョがさっき渓流に降りたとき、ブッシュに引っかかって破れ、そこから雨滴が肩から背中にかけて入りはじめ、衣服に浸透しているのだ。僕は、瑠璃子はじめみんなに悟られないように平静を装っていた。でも次第に僕の体温を奪いはじめているのを感じている。それは僕の心をさらに冷えさせる。

講師について一行は尾根筋に向かった。赤、黄色、青、オレンジなど色彩り彩りの雨合羽の列が喘ぎ登る。

いくらか高さを稼いで谷の方を振り返ると、渓流はすでに濁流になっていた。これがこの山の流れの特徴なのだ。急峻で狭い谷筋は一瞬にして濁流と化し、しばしば人の生命を奪う。

小休止すると、汗が冷えて悪寒がした。瑠璃子は平然としている。状況は、山を甘く見るな、彼女の言ったとおりの方向に向かいつつあるように思えた。

外気が急激に冷えていくのか、辺りは濃霧のようなガスに覆われはじめていた。僕たちは互いの靴音だけを聞きながら樹々が作る円筒の輪のわずか先まで白濁した霧が詰まったように見える尾根筋のハイキングコースを下っていった。道はすでにちょろちょろと水流を集めはじめている。尾根筋だからまだましなのだ。

僕はすぐ後を歩く瑠璃子をずっと意識して歩いた。寒さはさらに忍び入ってきたけれど、瑠璃子はどう思っているかお構いなく、男の身勝手と思い込みで雨滴が浸透しはじめている背中だけは彼女の視線を感じてか、わずかな暖かさが残っていた。

二週間後、「茸研究会」のやり直し茸狩りが行われた。仕事の関係などでメンバーは若干替わっていたけれど、僕も瑠璃子も参加した。

「今月はどっぷり丹波の茸狩りね」

瑠璃子は少し皮肉まじりの口調で言った。

(そっちこそ、物好きなことで……ほかにやることないのかい?)

僕も負けずに心で思ったが、言い合いしても負けると思ったから黙って言葉を飲み込んだ。

講師は前回と同じ人だった。天候の変化に安全を第一とする信頼のおける方だ。天然茸の宝庫も人には教えないのがこの世界だが、彼は惜しみなく自分のとっておきの場所に僕たちを案内した。彼は山人《やまびと》。信頼を大事にする山とともに生きる人だった。

僕はあの雨の行軍のあと、雨具などの装備を三宮の好日山荘に瑠璃子を誘い、彼女の指導で万全を期した。

「まったく、忙しいのに、せっかくの日曜日が丸つぶれよ」

彼女は顔をしかめたが、言葉とは裏腹によくつきあってくれた。そのたびに、僕は瑠璃子の好物のストロベリークリームパフェを元町の有名店で馳走した。

僕はテーブルにどうしたらクリームを散乱させずに芸術的に食べるか、どこか山登りに

似たルートを探すようにびくびくしながら必死で食べていたが、
瑠璃子は違った。食べるルートを心に描いているらしく、長柄のスプーンとホークを巧みに駆使して、一気に山上から取りかかる。

「パフェもう一つ、いいわね？　それにコーヒーお替わり」

彼女は大の甘党で二つ目のパフェもあっという間に平らげた。その食欲に僕は瑠璃子の白い裸体のおなか辺りの膨らみを想像してしまった。

食べ終わったあとの彼女の笑顔は格別だった。その顔に出会うと、心が晴れる。

僕のパフェがこらえきれずに山崩れを起こし、テーブルにマロンやイチゴなどが散乱すると、

「へたね。そんなにぐちゃぐちゃにしたらおいしくないわよ」

瑠璃子は笑い、僕が慌ててナフキンで拭こうとすると、

「もったいないわ。見てない振りするからなめたら……」

と笑い声がオクターブ上がった。

（酒飲みじゃ、あるまいし……い、いけず……）

と内心反発したものの、言い返す勇気もなく、白旗を揚げている自分がいた。

二十歳も離れた女性が何を考えているかよく理解できなかったし、つきあわせて悪いなあ、という負い目もあった。しかし、僕は自分でも困るほど勝手にどんどん瑠璃子が好きになっていった。でも、彼女は相変わらず何を思っているのか、クールでつれなかった。僕が戸惑うのを楽しんでいる。決してほのめかしたりはしなかったけれど、ほぼ間違いなく、他につきあっている男性がいるような雰囲気もあった。

ときどきぷつりと、まる二日ほど音信が途絶えるのだ。ラインの連絡だから、瑠璃子が僕の連絡をすでに読んだか、読まないか、分かるからなお一層、既読なのに無視されているという思いが募るのだ。相手の事情を考えないでひたすら返信を待つ身勝手さは分かっているが、それでも今、瑠璃子は誰かと会っている、女友だちかもしれないのに、あの笑顔を彼だけに向けている、と募る良からぬ妄想に苛まれた。

二週間前と比べてずっと天気がいい。山の天気は変わりやすいが、今日は一日持ちそうだ。以前と違って装備万全の僕は心に余裕ができた。娘みたいな瑠璃子との会話も慣れてきた。自分の娘だと思ってつきあえばいいのだ。僕の娘、いけずもかわいい、そう思うと、気楽だった。「かわいい」の語源はもともと「かわいそうだ」から変化したものだ。いけずばかり言ってる、かわいそうな奴、かわいがってやるか、と内心強がった。

昨日の夕方まで降っていた雨のせいで林内はまだ、じめじめとしている。僕は斜面に沿って登ろうとしたが、前を行く瑠璃子の行動を見ていると、ブナやシイなど広葉樹の下を中心に等高線に沿って移動していることが分かった。その方が妙に足を踏ん張ったりすることもなく楽に歩ける。茸狩りは道なき道を進む。新雪をラッセルするようなものだ。疲労は激しいけれど、未知は楽しい。何があるか分からないから……。

僕は瑠璃子のあとについて行くことにした。彼女はあとについてくる僕にちらっと、流し目のような、例の黒目と白目がひっくり返ったような視線を送ってきたが、無言で湿ったブッシュをかき分けて前を行く。腰に下げた竹製の籠が少しずり下がっている。すでに大分収穫があったのかもしれなかった。僕はまだめぼしい山に当たっていない。心も足も重い。

瑠璃子は立ち止まって上を見ている。天然茸が生えていそうな樹を探しているのだろうか。チロル風の臙脂色の登山帽を目深に被った白い横顔の顎の線がほっそりと見える。僕も立ち止まり帽子を取ってタオルで汗をぬぐった。汗は林内の冷気に触れると、すぐにひやっと冷たい滴となった。

しばらく、かさこそ、と瑠璃子の足音を追った。

「あー、あったわ。ヒラタケよ。早く、採ったらいいわ」

今日、初めて振り返った瑠璃子と視線が合った。ブナの倒木に折り重なるようにヒラタケが群生している。僕は夢中で採る。

「少し残すのよ」

僕の勢いに心配になったのか、瑠璃子がそばで言った。

「うん」

僕はどうにか冷静さを取り戻して子どものような声で応えた。倒木の先で彼女は笑っている。陽の光が幾本かの光線になって林間の霧を斜めに区切って射しこんでいる。その中に立つ瑠璃子はなお一層気高く見えた。

お陰で僕の竹籠もヒラタケで一杯になった。必要以上に多く採るのは邪道だ。

ふたりは集合場所に向かった。

天気が良かったせいか、「茸研究会」のメンバーは、ヒラタケ、ホンシメジ、クリタケ、キクラゲなどそこそこの収穫があった。

地元のベテランが食用か否かの選定を数人でしている。この厳しい目が茸には必要なのだ。判定を間違えば、命にかかわる。参加者すべての収穫物の選別が続く。

「おい、これ、ツキヨタケや。毒やで」

講師の高い声が響く。そして、ヒラタケに似てるからのー、と声を潜めて自分に言い聞かせている。名前は月夜に光ることに由来するのだろうか？

やはり茸の素人選定はタブーだ。

昼に地元農協の倉庫の裏手にある広場で恒例の茸汁を地元の主婦の指導と協力で作ることになった。

広場の東側に農協のネーム入りのテントが一張り張られ、その中に会議用長机に三つの携帯コンロには大きめの鍋がかけられ、湯が沸騰していた。これはお茶用や天然茸を洗う白湯だという。広場に集まった「茸研究会」と講師と地元の人に熱い茶が振る舞われた。

そこで農家の主婦たちが茸汁の準備をはじめている。

「今年、茸は豊作かのう？」

その中の独りが講師に訊いた。

「ああ、まあまあや。結構採れたワ」

講師は帽子を取り、禿げた頭の汗をタオルで拭いながら言った。

「うちの椎茸、もって来たんやけどいらんかのう」

まだ若そうな女が言う。

「いいや、椎茸はだしがでるから、味がよくなるよって、大歓迎や」

「今朝、採ったから新鮮やで」

「こっち、持って来てーな。下ごしらえするさかい」

別の女が言った。その声に合わせるように茸汁づくりは参加者のいろいろな声や音とともに賑やかさを増していった。


僕は農協のトイレから戻るとき、農家の人たちや「茸研究会」でない男三人、女二人の若者グループが僕たちと反対側の倉庫の陰で何やら昼食を作っているのを目撃した。彼らも茸狩りに来たようだ。コンパクトバーナーの上に小型の鍋クッカーが乗っている。茸汁を作ろうとしているようだ。

彼らの足下に新聞紙に広げられた茸の山が見える。大丈夫かな、毒茸ないやろなあ？と僕は咄嗟に思った。

「あちらのテントに合流したらいかがかしら？」

そのとき突然、瑠璃子の声が背後から聞こえた。彼女もトイレからの帰りらしい。

「いえ、わたしたちだけで……」

言葉と態度が瑠璃子の誘いを拒否していた。

「茸、素人判定、怖いわよ」

瑠璃子は彼らを誘うというより、若者の茸汁を心配しているようだ。

「大丈夫です。わたしたち、大学の茸クラブですから」

透きとおるように色の白い、短髪の若い女は微笑みながら専門家のような口調で言った。

右耳朶の下の黒子が気になった。

何がおかしいのか若い笑い声が弾けた。

「わかったわ。気をつけてね。怖いわよ」

瑠璃子は、怖いわよ、に力を入れて言い、若い女の顔の眼を見て、くるりと身を翻すと、広場に向けて歩き出していた。顔には明らかに失望の色が溢れている。

そのとき、やや陽が翳った。

テントの下の鍋から白い湯気が上がっている。瑠璃子はじめ「茸研究会」の参加者も茸汁の下ごしらえを手伝った。まず、石突を包丁やナイフで切り落とし、土や腐葉などの汚れを分担して落とした。傘や石突近くにはじゃみの小石が付着していることもあるので、僕は、ジャリっと口内に走る異物の不愉快さを思い浮かべながら新品のバケツに張ったぬるま湯で養分を逃さないように、さっと天然茸を洗った。

腐葉やごみは水面に浮き、湯は瞬く間に黒く濁った。結構汚れている。その後、バケツに新しいぬるま湯に塩を入れて傘や柄に潜む虫を追い出すため十分間ぐらいつけ置きした後、ザルにあけ水切りをする。

「来週ぐらいまでまだ採れるかしら？」

参加した女の子と地元のおばさんが話している。

「もうすぐ、山の持ち主が山を閉めるわ。今日は特別。来週から山を業者の松茸狩りの入札にかけるの」

絣の着物にもんぺ、白い割烹着のリーダー格らしい由美子さんと呼ばれるおばさんが言った。

「今日はわたしたち限定ね」

研究会の女の子たちが騒いだ。誰でもご当地限定や期間限定に弱い。

「おーい、差し入れや。わしの山で採ってきたんや。今時、雄のまむしが雌一匹に群がって大変やで」

地元のおじさんがビニール袋を差し出した。まだ傘が開いていない松茸だった。

ワーッと歓声があがる。

もう一つのビニール袋に黒い塊が見える。まむしがとぐろを巻いている。これは焼酎に漬けるんや、とおじさんはちょっとドヤ顔をした。

松茸の採れる場所は毎年決まっている。その場所は家族にも明かさない。一子相伝。死期を悟ると、跡取りだけにそっと伝えるという。

明治時代、旧神戸外国人居留地の茸狩り《マッシュルーミング》の写真が残っている。外出用帽子を被り正装した婦人たちが笑顔でそれぞれの手に大ぶりな松茸を握り、集合写真の中央にはピラミッドのように積まれた松茸の山があった。

つい最近まで六甲山でも堆く積まれた松茸は夢物語ではなかったのだ。僕は森林植物園で収穫を喜び合う集合写真を見たことがある。関係者は口を閉ざして語ろうとしないが……。

水切りが済んだ天然茸と栽培椎茸は適当な大きさにカット。約三十人分より多めな茸が用意できた。

農家の主婦たちが鍋の水に少々の塩とだしを入れてコンロの火勢を強めた。

湯が煮立ちはじめる。ザルに用意した茸を投入し、一升瓶から酒を注ぐ。

「茸の種類と量が多いほど美味いねん」

講師が舌なめずりをする。なんとテーブルに零れた料理酒がわりの酒の滴を手の平で拭いて舐めている。甘党が差し入れた大吟醸酒だ。

講師や地元の人や参加者の酒好きが唸った。味醂も入る。

ぐつぐつと煮立ちはじめた。灰汁《あく》はお玉で出来るだけ取る。瑠璃子が頑張っている。

「どれ、味見すっか？」

由美子おばさんがお鍋の前に立った。左手のお手塩にお玉でスープをすくい、飲んだ。

みんなの眼が由美子さんの口元に集まった。

「醤油とって」

これも一升瓶の口元を親指で押さえながらお玉に褐色の醤油をどくりと入れ、鍋に注ぎ込む。

「ちょっと薄味や。塩を少々や」

由美子さんが言うと、隣のおばさんが塩壺をさっと出す。息が合っているし、気合いもこもっている。

「よっしゃ。スープ、誰か飲んでみいや」

と声がかかる。

「はーい」ちゃっかり瑠璃子が由美子さんから、玉と手塩を受け取っている。

みんなの視線が集まる。僕は横から好きな横顔をそっと盗み見た。

「美味しい……」

瑠璃子は絶句して語らず、もう一杯、手塩に注いで味わっている。

他の農家の主婦たちは、プラチックの小ぶりのどんぶりカップと割り箸を用意しはじめる。

三つの鍋ごとにテントの外に自然と行列が出来る。茸汁が食べられるという期待感がみんなを笑顔にした。

スタッフを含めてみんなが茸汁を賞味し、二杯目を所望する人が出はじめたとき、異変は起こった。

倉庫の陰からさっきの若者グループの男が走ってきて、

「大変や。美代子さんがおかしいんや」

と叫んだ。中年女性のポピュラーな名前だから同名もいたかもしれないが、美代子さんと言われても困る。一斉にみんなの視線がグループの男を捉えた。美代子とは右耳朶に黒子のある、あの色白の女だろうか？

瑠璃子の行動が早かった。

「何、食べたん？」

「分からない？」と男はどぎまぎして下を向いた。

毒茸が前提の話になっている。彼女の危惧が現実になったようだ。瑠璃子が倉庫の陰に向けて走り出した。僕も走った。

あの女だ。結構です、と瑠璃子の誘いを冷たく断った女だった。足を投げ出し倉庫の壁にもたれかかっている。

「ヒラタケ食べたら、吐き気がして気分が悪いっていうの」

もう一人の女が言った。

「きっと、ツキヨタケを食べたのよ。茸研究十年のベテランでも中毒した報告があるわ。妊娠はしてないわね？」

瑠璃子は顔をしかめて、美代子に訊くと、彼女は慌ててかぶり振り、「いや、ヒラタケしか食べてないわ」と苦しそうに言った。先ほどの気取った素振りは消えていた。

「そうかもしれないけど、ヒラタケとツキヨタケの見分け方なんてむずかしいの。月夜しか判断つかないじゃないの。ツキヨタケは光るの。そんなこと、どうでもいいわ。早く病院へ連れて行かなくちゃ。救急車は？」

瑠璃子は周囲に誰ともなく、きつい調子で言った。

「まだや」若者グループの男が言った。

「山上さん、車出せる？　その方が救急車呼ぶより早いわ。町までお願い！　救急病院は走りながらネットで探すわ。いいわね？　それからあなたたちから誰か一人、乗って。女の子だから、付き添いは女性の方がいいわ。それともこの中に恋人いる？」

瑠璃子はてきぱきと指示を出す。

恋人はいないようだ。

「車、回してくるよ」と僕。

「頼んだわ。それと同乗はあなたたね」

と瑠璃子は女の子を指名した。彼女も頷き、美代子と自分の荷物を持った。

黄色のランドクルーザーは美代子を乗せて山を下る。幸いなことにまだ下痢は来ていないようだ。

「浩さん。ほら、あの崖に赤い花が見えるでしょ？」

美代子は幻覚を見はじめたようだ。浩とは美代子の彼だろうか。崖に咲く赤花を彼と眺めているようだ。

「手を伸ばしたら取れないかしら？」

眼をしっかり閉じたまま美代子は、両手を前に差し出している。車の中から瑠璃子がネットで探した救急病院へカーナビを合わせ、僕はアクセルを踏み込んだ。山を下り県道を南下する。

「はい、茸中毒のようです。もうすぐ到着します」

瑠璃子は的確な返事をしている。僕は頼もしく思った。僕が彼女のようにてきぱきと物事を処理できるか、とても疑問だった。僕だったらどぎまぎして適切な救護ができたか分からなかった。時間は午後二時、食事から一時間が経過している。その時間が何を意味するか、僕は心配だった。生命にかかわる時間が過ぎようとしているかもしれない。さっき見た肌のきめ細かい美代子のうなじを思い出しながら僕は思った。でも先ほどからの瑠璃子の処置は医師か看護師のように落ち着いて淀みない。まるで茸中毒のすべてに精通しているみたいだ。彼女はどこでこんな処置法を会得したのだろうか？　僕は不思議に思った。三十歳、神戸市の外郭団体の若い事務員なのだ。どうしても合点がいかない。

しかし、その疑問に反比例するように、僕の心の中では、瑠璃子への思いはしっかりした実像を結ぼうとしていた。

僕は無意識に瑠璃子を信頼するようになっていく。

「胃洗浄をしましたから、もう大丈夫でしょう。この辺ではツキヨタケの事故は多いんですよ。大事を取って一晩入院してもらいましょう」

医師は歯を見せて少し笑った。付き添って来た女が携帯電話で仲間に連絡を取ったらしく若者グループも駆けつけてきた。

僕と瑠璃子は彼らに引き継いで病院を出た。

その日の帰り、ふたりはわざわざ三宮まで出て、またストロベリークリームパフェを食べた。例のごとく僕のイチゴがテーブルの上を転がる。それを見て、瑠璃子は笑いながら言った。

「山上さん、ピーターラビットって知ってる？」

「ああ、イギリスのナショナル・トラストで有名なビアトリクス・ポターの絵本やろ？」

「えっ？　なぜ知ってんの？」

「絵本もいいけど、ナショナル・トラストは僕の仕事に関係あるんや。ビアトリクス・ポターはナショナル・トラストの熱心な推進者や。絵本が売れた資金で牧場を買って自分の創作世界を守ろうとしたんや。僕は荒れる六甲山をナショナル・トラストで救いたいと思ったこともあるんや。でも絵本は描けんしなあ。資金不足や。山荘は荒れたまま放置されているのも多いんよ」

「ああ」

「ビアトリクス・ポターって、茸の研究者だったのも知ってる？」

「ああ」

「ボタニカルアートみたいな正確な茸を描いていたことも知ってる？」

「ああ」

「わたしが好きなのは、『ヒキガエルのお茶会』ね。茸のテーブルに椅子と、バームクーヘンのようなヨモギのケーキに、七匹のヒキガエル。ドングリのコップでお茶会をしてるの、知ってる？」

「知ってる？　かなわんなあ。『ピーターラビットの野帳』で彼女の茸の精巧なイラスト見たよ。あれは専門家の絵や。絵はがきも何枚か持ってるよ。びっくりした。あんなに正確なイラストは描けるもんじゃないよ。僕は彼女の観察眼に憧れてるんや」

そう？　瑠璃子の眼が輝いた。僕は彼女には告白出来ないけれど、心のなかで茸をめぐる共通の思いはさらに熟成させていきたい。二十歳の歳の差が縮まった心地がした。

雨は思ったとおり、昼過ぎに上がった。陽が射してきた。行ける。「椎の灯火茸」に会えるかもしれない予感が強くなった。

午後五時半、花時計裏の西側道路。

瑠璃子が黄色いランドクルーザーのウィンドーを叩いた。いつの間にか居眠りをしていたらしい。どこで着替えたのか山行きの格好をしている。

「雨は上がると、思ったから、早退して着替えてきたわ。カメラも取って来たの」

彼女の顔が少し上気しているように見えるのは夕陽のせいだろうか？　花時計のデザインは濃い紫と薄い紫のペチュニアが織りなす「紫陽花」だった。雨上がりのせいか生き生きとして見える。紫陽花は花時計にするには図案化がむずかしい。植えたばかりのせいか、はっきりコントラストが効いたデザインにはほど遠かった。

「夕食がわりにおにぎり作ってきたわ。出発前に食べない？」

瑠璃子が僕の反応を窺うように眼を見た。彼女はあまり眼を見て話す方ではなかったが、今日は直視してくる。僕は心の底を覗かれているような気がして眼を逸らした。

瑠璃子はプラスチックの折り箱を開ける。

おにぎりだ。

「まずは椎茸と昆布の佃煮。明太子、梅干し、鮭、おかか、ツナマヨもあるわよ。どこかに中身が分かるように印を付けてるから、お好みでどうぞ」

（へえー、料理もできるんだ）

僕は意外だった。瑠璃子に料理は似合わないようなイメージを勝手に描いていたのだ。握り方も海苔の巻き方も丁寧で、見た目も美味しそうに見える。

「このごろ、コンビニのおにぎりも美味しいから、負けないように力を入れたわ」

瑠璃子の眼がいたずらっぽく笑っている。

おにぎりはどれも美味かった。特に最後に食べた茸の佃煮のおにぎりは格別な味に思えた。

「これなんや？」

「去年の秋、採ったヒラタケを冷凍しておいたの」

その後、瑠璃子がポットに入れてきたコーヒーも飲んだ。水準以上だった。笑顔を返す。

「缶コーヒーよりまずかったら、面目丸つぶれじゃない」

と瑠璃子もいたずらっぽい笑顔になった。

僕はコーヒーを飲みながら簡単に今夜の探索コースを瑠璃子に話した。

「わたしは山上さんが目星をつけている一つ西の谷筋を登り切ったところが怪しい、と思っているの」

「どうしてや？」

「だって、去年の春、昼間歩いたコースなの。椎の灯火茸が好きなスダジイの花が満開で、山が花粉で白っぽく見えたわ。スダジイの凄まじい乱交パーティーね。あそこは植林した森よ。南の島から移植された樹の根に紛れて渡ってきたシマサルスベリもときどき見かけるわ」

「ああ、シマサルスベリも狙い目や。在来種のサルスベリでも発生例があるらしいけれど、どちらかというと、椎の灯火茸はシマサルスベリに宿っているイメージやからな」

「そうね。シマサルスベリのあるところは今回が初めてだわ。確か廃屋もあったわね」

「廃屋は火災など、物騒だと所有者が撤去したよ」と僕。

瑠璃子の脳裏にはもう椎の灯火茸が光りはじめているのかもしれない。遠くを見る眼が涼しい。

僕の心に灯火のように点ってしまった瑠璃子への思いを、去年の暮れあたりから「椎の灯火茸」が光るのを見たら、彼女に打ち明けようと思っていた。気の弱い僕は拒絶が怖くて言い出せないまま時が過ぎてゆく。でも、光る茸を見たら気を強く持って、素直に言い出せると思った。そして今日がその日であってほしいと密かに願う。

「この椎茸と昆布の佃煮も美味いよ。そろそろ出発するか。暗くなる前に現地に着きたいしね」

「そうね。天気は持ちそうね」

「山の天候は分からないよ。このごろゲリラ豪雨や雷雨も多いしね」

「地球が狂い出しているのね。そのうち、その元凶の人類を地球から振るい落とすかもね」

「毎日、何処かで地震が起きてるやろ？　あれは地球が人類を振るい落とそうとしている、きっとそうや」

「人類の末路と道連れは嫌ね。生き物は人類だけではないわ。そう、茸は自然を浄化する力が強いの」

「よく勉強してるね」

瑠璃子は少し照れ笑いして続けた。

「茸って、倒木に宿ったりするでしょ？　死んだ植物や動物も土に返すわ。死は生のはじまりね。茸は死と生の橋渡しをしているの。すべての生き物ために……」

「うん、それは感じるよ。ポリウレタンや石油などを消化する茸もいるらしいからね」

「放射性廃棄物を食べる茸も聞いたことがあるわ。人類は未だに原発を諦めきれないでいるわ。生命と金儲けとどっちが大事なのかしら？　アホよね」

瑠璃子の心にスイッチが入ったようだ。

僕は福島第一原発の地下水貯留タンクの群れを思い浮かべていた。茸が放射能を浄化してほしい、と願った。

「茸レンガという茸の菌糸の繁殖を利用して作った新素材の研究も進んでいるらしいよ。

生きている新建材だそうや」

僕は車のエンジンをかけた。前方を見る助手席の瑠璃子の眼に力が入るのを僕は眼の端で感じながらゆっくりとハンドルを切った。フラワーロードに出るには一方通行だから、市役所をぐるりと一回りするみたいにかなり大回りになる。一つ東の道路なのに信号などに捕まって五、六分はかかったと思う。

フラワーロードの北行きは今の時間が一番混む。新幹線の新神戸駅に行き着くのに通常は十五分もあれば充分なのに、倍以上かかったこともある。今の時間、三宮を抜けるにはかなりの余裕を見込む必要があった。

フラワーロードを国体道路で右折して生田川から山麓バイパスに乗る予定だ。ところが右折した途端に渋滞に引っかかった。カーナビ情報によると、五百メートル先で道路が陥没したため、緊急道路復旧工事が入り、一車線規制が行われ出したことが分かった。せっかく雨が上がったのに……。

梅雨はまだ明けない。今日の日没時間は午後七時過ぎだ。さっきスマホで調べた。もし、椎の灯火茸が見つかるなら、日の入り一時間後が理想だという。なら午後八時だ。

今は午後六時過ぎだ。あと二時間ある。焦ることはないと僕は自分に言い聞かせた。

マニュアルのランドクルーザーが突然エンストした。思わずクラッチに置いた足を放してしまったのだ。慌ててエンジンを再始動する。誠に恥ずかしい。

「ちょっと、苛ついてない？」

瑠璃子が突然訊いた。僕は内心慌てた。

「そんなことないよ」

「エンストはするは、ハンドルを握る手に力が入るわ、……わよ。力抜いて、笑って、笑って」

瑠璃子は何処かで聴いた歌を唄うようにリズムをとって笑いを強要した。僕も無理して笑顔を作った。

十五分もかかって、工事現場をようやく過ぎたと思ったら、今度は警察の検問だった。黄色のランドクルーザーは特に目立つ。すぐに待避線に誘導されてしまった。そんな暇ないよ、が通じない。

「後ろのドアを開けてください」

ウィンドーをゆっくりと開け、

「何ですか？」と訊く。

「ちょっとした事件がありましてね。ご協力をお願いします。免許証を見せてください」

言葉は丁寧だが、有無を言わせない雰囲気があった。とにかく車から降りてリヤドアを開けるしかない。逆らっても余計時間をロスするだけだ、と思った。

後部荷物エリアのシートをめくったりしている。

「オーケーです。ありがとうございました」

車が大きいからまさか、遺体でも積んでいると思ったのだろうか？　不吉な発想しか出来ない。

瑠璃子は検問の十分間ほど、助手席からずっと布引ハーブ園の風の丘駅と下の布引ハーブ園駅の間を行き交うゴンドラを眺めていた。

「頂上駅ののり面に宇宙と交信している場所があるの、知ってる？」

「ああ、聞いたことあるよ。ボックスウッドの刈り込みが宇宙語で描いてあるとかね」

検問の状況を見ながら、

（瑠璃子って、そんな情報、どこで仕入れたのだろう）

と内心考えながら僕は応えた。

ふと、思う。瑠璃子は別の星から来たのだろうか。どこか神秘的だ。

トンネルの中では白く見える黄色いランドクルーザーは十分ぐらい走ってランプを降りる。僕はハロゲンランプが黄色を白く見せるのを知っている。知り合いが免許取り立てのとき、目立つ車よ、と買ったのは黄色の軽自動車だった。そしてこのトンネルで出会ったらしく、いろいろ合図したのに、僕は知らない振りをしたというのだが……。そういえば、窓を開けて手を振る白い軽自動車には出会った記憶があった。

料金所はトンネルとトンネルの間にある。前方の隧道の上は丘のような雑木林の山だ。稜線を形作る雑木林のシルエットは、夕焼けを背景になお一層くっきりと見える。重なる遠くの山の端も夕焼けで縁取りされ、その上は夕焼けの空だった。ところどころに浮かぶ黒雲の名残はその縁を赤と黒にそして赤銅に彩られて僕に迫る。

在来道に降りて北上。ドライブインの駐車場に車を置いて後は徒歩で登るつもりだ。ところが予定していた駐車場は今日に限って満車だった。駐車待ちは僕のランドクルーザーだけだったから、すぐ空くと思ったがなかなか空かない。カップルや家族で楽しく食事をしている風景が眼に浮かんだ。

瑠璃子の横顔を盗み見た。そう、僕はこの角度から見る彼女の顔を勝手に気に入っている。瑠璃子はCDのパッケージを読むというより眺めている。

ようやく二台、車が出て行き、駐車することができた。僕と瑠璃子はLEDのヘッドランプを付け、カメラとハイキングバッグを背負って歩きはじめた。道ははじめ舗装してあったが、地道になり、やっと車一台が通れるくらいの轍跡が渓流に沿ったり、遠ざかったりしながら奥まで続いている。

轍跡の所々に水溜まりがあった。土色の車輪跡以外はラブグラスやエノコログサやギョウギシバなど濡れた夏草が繁茂している。トレッキングシューズもしっぽりと黒く水を含んだ。

森はクヌギやコバノミツバツツジを中心とする里山林だった。松はほとんどない。松食い虫の被害で全滅し、昔はこの辺りでも松茸が採れた、と先日、付近の古老から聞いた。辺りは街灯もなく日暮れ時が過ぎ、暗闇を二つの轍跡沿いに二つの光が道を照らすだけですべて暗黒の世界だった。

僕は瑠璃子と手を繋ごうと、恐るおそる手を伸ばした。瑠璃子は拒まなかった。やがてふたりの鼓動が合った。

ときどき、異様な野鳥の鳴き声も聞こえる。彼女の手に力が入るのが分かった。軽く握り返す。

僕はこれで「椎の灯火茸」が観られれば、何も言うことはないと思った。でも、瑠璃子のひんやりとした手の感触の、経験したことないような冷たさはどうしたんだろう。冷え症なのかもしれない。

しばらく無言で進む。瑠璃子の気持ちは刻々と二人の手を通じて伝わって来ていると思いたかった。進行方向右手に水を感じる。闇の道に沿って池が広がっているのが分かる。闇夜でも水は光るのだろうか？　もう少しこのまま歩いていたいと思ったとき、

「あら、シマサルスベリよ」

と瑠璃子が小さな声で言った。

近くで水が落ちる音がする。ひたひたと。

ふたりの交叉するヘッドランプに浮かび上がったシマサルスベリはかなりの老木だった。根元から木裏にできた巨大な洞《うろ》に暗黒が詰まっている。幹と見間違うような正面の枝は大きな洞が黒く纏わり付いている。

ふたりは合図を送ったわけでもないのに、ほぼ同時にヘッドランプを消した。

と、まもなく眼が慣れると暗黒の闇に釣り鐘型か、それよりやや平らに広がった緑黄色の茸が群れて光り出していた。柄も発光している。傘に黒い筋が骨のように見え、柄の根

元の石突辺りは闇から養分を採っているかのように暗黒に曖昧に生えている。幻想――暗黒を背景に静謐な発光体は周囲の静寂からさえ、さらに一切の音を吸収しているかのようだった。

僕は写真を撮ることも忘れて魅入った。

ずっと繋いで放さない瑠璃子の手にエネルギーが充填されていくような暖かさを感じる。もう僕たちには言葉は要らなかった。

「でも、わたしは帰らなければならないの」

瑠璃子が唐突に言った。

「どこへ？」

応えは還ってこなかった。

僕は握った手に力を入れた。間違いなく瑠璃子は握り返してくれた。

椎の灯火茸の光が増したように思える。

ふと、暗黒の闇に花柄の傘をさした瑠璃子の立ち姿が浮かんで消えた。

幻の境界

ある日の黄昏刻《たそがれどき》の語《こと》

仕事帰りにスーパーに寄った。

玲奈《れな》は商業高校を出て五年、同じ町の信用金庫に勤めている。担当の仕事はどうにかこなしているとおもう。春が近い、五十日《ごとび》のきょうは朝から仕事が立て込んでいたし、生理と重なってなんとなく身体が重い。

せっかく二、三日前から暖かくなりかけたのに、昨日あたりから冷え込みがぶり返した。それで、今朝出がけには、

(今晩は一人鍋でもしようか)

とおもっていたが、今はそんな気持ちもすっかり失せて、大きめの牛肉の入った、ささやかだけれど、ちょっとだけ贅沢な幕の内弁当を買った。あとは大好きなレトルトのカボチャスープでしのごうとおもった。

そのほかに、このところはまっている飴のように一口サイズのカカオ72%のチョコレート一箱とカシューナッツ二袋、牛乳とヨーグルトと朝食用の食パンを買った。おそらくチョコレートはいつものようにテレビを見ながら一度に全部、食べてしまうだろう。カシューナッツは大好きで食べ出すと、止められなくなるので、百均で買ったビニール袋に十粒ずつ小分けして必ず一日一袋と決めている。貧血気味なので鉄やマグネシウムなど含有されているのが魅力だし、お通じにもとても効果がありお勧めだ。食パンはレーズン入りが気に入っていて、軽くトーストし指でレーズンをほじり出しながら食べる。

食べ過ぎは身体に悪いことは分かっていたが、習慣とは恐ろしいものでなかなか止められない。

密かに自慢におもっているウエストまわりにうっすらと肉がまとわりつき始めたようだ。そのつど、母ゆずりの色白の透き徹るような肌を見て、無理に忘れる。その母はシングルマザーの苦労が祟ったのか、去年クモ膜下出血であっけなく逝ってしまったが……。

毎日、入浴のとき、システムバスの鏡に映すたびに気が滅入るが、次の日もまた、手を出してしまう。食べると、気分がすっきりする。それに燃費が悪いせいか、他の人のようには太らないようだ。

「得な体質なンよ」といい気なもので、スイート好きの友人に自慢している。

レジで精算するとき、ビニール袋の有無を聞かれた。いつもトートバッグに入れているので、いらないわ、と応えた。しかし、レジを出て、バッグの中を探してみたが、見当たらなかった。五円払って白いレジ袋を買った。

外に出て、振り返ると、スーパーの中が前より明るく見えた。

向き直ってスーパーの光が徐々にうすまる歩道に一歩踏み出したときだった。

玲奈の前を黒い風が過ぎった。

次の瞬間、レジ袋が彼女の右手からむしり取られたような感触を残して消えた。

黒い風を追う。闇に紛れる寸前の黒い影が見えた。

玲奈は鈍い感触の残る手の平を広げてみた。

指の内側の関節が充血していた。しばらく呆然と立ち尽くしてしまった。

ようやく正気が戻ってきた。

(イノシシだ)

今朝、出かけに新聞で読んだから知っていた。どうも、イノシシは力の弱い子どもや女性を狙うらしい。しかも、白いレジ袋には美味しいものがたくさん入っていると思ってい

るらしい。その素早いことはつむじ風のようだ、と書いてあった。玲奈はもし出くわしたら、

（バッグで叩いてやるわ。なめるンじゃないのよ）

なんておもっていたが、一瞬のことだった。

どこから玲奈に狙いを定めたのか、気配さえ感じなかった。

あっと言う間、という言葉があるが、そんな悠長な感じではない。口も開けないほど、驚きも、訳のわからなさも伴っているから、かろうじて、うっ、と唾を呑み込んでしまったような思いが残った。

西の空に糸のような月が見える。

玲奈は北の方角にある黒い森を見た。

あの森の山裾の家に今、玲奈は住んでいる。高校時代に仲が良かった友人が住んでいた家だ。彼女の夫が米国ミネソタの州都セントポールにある商社の支店勤務となり、家族で渡米した後、空き家だと家が傷むから、とちょうどマンションの建て替えで住む所を探していた玲奈に、家賃ただで住んでくれないか、と打診があった。どうせ独りだから、と気

軽に引き受けてもう一年になる。約束は三年。異人館風のその建物には、舞子の明石海峡大橋のたもとにある旧武藤邸に似た丸いバルコニーがあった。

その前に百坪ほどの芝生が広がり、芝生の右手隅に山桜の大木があった。芝生の果てたエッジから緩やかな傾斜の雑木林が始まり、その向こうに光る一筋の海が見えた。

広い家は掃除が大変だったが、使わない部屋は家具などに白い布を被せ、そのままで掃除しなくていいことになっていた。借りる条件は土日祝の休みの日には、家中の窓を開け放して風を通すことや、冬、旅行などで家を空けるときは、凍結するので水道の止水栓をしっかりと締め切ることや芝生の手入れなどが条件だった。しかし、最も厄介なのは家の南面の芝生を夏の最盛期には週に一回程度常備の手押し芝刈り機で刈り込まなければならないことだ。野草《のぐさ》を抜くのも結構時間と根気がいった。

初めの頃は身体の至る所に湿布薬を貼り続けたが、最近になってようやく慣れた。腰にぶら下げた蚊取り線香の香りの中、スマホから流れる音楽を聴きながら、楽しい、と思うことにしたら急に楽になった。

難敵は日焼け。日焼け止めクリームを塗り麦わら帽子に、頭巾を作って目だけ出す中近東の女性が被っているニカーブのような出で立ちで作業をする。首にはひんやりクールタオルを巻き、他に汗拭き用タオルも用意する。トイレは家まで戻るのが、億劫だったので、辺りを見回し、芝生の上ですばやく用をたした。若い女の子が……、と言われるかもしれないが、これはとても気持ちがいい。男子がところかまわずする気持ちが分からないでもなかった。

友人に話したら、

「やめとき、どこから見られてるか分からないわよ」

と言われた。でも、お風呂やプールでしたような開放感があってやめられなかった。

初夏の朝早く、まだ日が昇る前に作業をしても汗だくになった。芝刈り機を押すのはそんなに苦痛ではなかったが、サッチ（芝刈りかす）を熊手でかき寄せ、家の裏手の山裾に作った落ち葉置き場に一輪車・ネコで運ぶのが大変な作業だった。サッチは芝生の大敵だと、『美しい芝生の手入れ』という本を書店で立ち読みして知った。だから、出来るだけ取り除きたかった。せめてゴルフ場のフェアウエイぐらいにはしたい。そして友人に引き渡すときに、まあ、綺麗にしてもらって、と言ってほしいばっかりに意気込んでいた。それと防虫剤、殺菌剤などはできるだけ避けた。地中にミミズなどの生物が住み着いていてほしかった。モグラにトンネルを掘られたこともあったが、芝生が盛り上がった後を入念にテニスコート用のローラーを町のテニスクラブから軽トラックと一緒に借りてきて何回も転圧して修復した。

そんなとき、森に接しているから、朝早くなど虫や芝生を過ぎる小動物によく出くわした。鴉は近くの山にねぐらがあるらしく、毎朝、芝生を歩き回って地中の何かを啄んでいた。玲奈は皆が嫌う鴉をそれほどきらいではなかった。三本足の吉兆の鳥、八咫烏《やたがらす》とおもえば良い。福が逃げるようで決して追い払ったりしなかった。近頃はその鴉に家族ができたらしく、一羽小さい奴が増えた。玲奈が近づいても逃げたりはしない。彼らも心得ている。玲奈の家のごみをあさったりはしなかった。

生ゴミは山下の団地の自治会に加入していたから、週に二回、鴉やイノシシ除けの堅固なゲージのふたがある団地のごみ集積場に出勤途中に運んだ。

湿度の高い暑い日が続くと突然、芝生に病原菌が原因のブラウンパッチと呼ぶ芝が枯死した茶色の悪魔の島模様ができる。これができると、他に伝染しないようにその部分を人力ではぎ取るか、禁忌《タブー》の消毒剤の散布しか方法がなかった。はぎ取るには玲奈独りではどうにもならない。休みの日にボーイフレンドの祐介に応援を頼んだが、日焼けした横顔は鼻梁がすっとしていて清々しく見えるが、見かけほど役に立たないぐうたらでちょっと目を離すと、もう、芝生に仰向けに寝そべって空を気持ちよさそうに眺めているだけだった。祐介の応援条件はおもい切り玲奈とセックスをすることだったけれど、これでは当分の間、おあずけにしよう。

もちろん玲奈は将来、祐介が定職につき生活が安定したら、結婚してもいいとおもっている。祐介もその未来に触れることは意識して避けている感じだった。

玲奈が見ていることに気づいたのか、

「お茶にしようよ」

と、祐介はこちらにこらえ性がない笑顔を向けた。玲奈はちょっと眉をひそめて笑顔を返した。

せっかく無農薬で頑張ってきたのに残念だが、一階の物置から噴霧器を出して来て、祐介に無理矢理背負わせ、消毒薬を少しだけ散布してもらった。

裏手の法面《のりめん》と家の敷地の間は高さ二メートルほどのコンクリート擁壁の上に設置された一メートルぐらいの落石防止柵が境界だった。山の斜面は市有林でほとんどがニセアカシアの一斉林だった。その林に今は鎖状の白い花が満開だった。ニセアカシアは繁殖力旺盛で山から家の敷地に侵入を企てどんどん増える。しかし風に弱く強風が吹けば、脆くも太い枝が落ちたり、幹ごと倒れたりした。それに斜面には松食い虫にやられたらしい枯れた松の大木が一本立っている。倒木になるのは時間の問題だった。もし倒れて当たれば死亡事故になる恐れがあるし、家の屋根が壊れるのは明らかだった。祐介に頼むには、心はやさしいが無理な事柄だった。

「何とかしてくださいよ」

玲奈は昼休みに、市の森林管理事務所に仕事場から電話した。

「午後から見に行かせてもらいますが、ご在宅ですか？」

担当者の声はなかなか良い声をしている。

「いいえ今、仕事場からです。来週半休をとります。いつでしたらいいですか？」

「火曜日午後はいかがですか？　お宅の近くのハイキングコースで工事の立ち会いがありますから、その帰りに寄りましょう」

玲奈は了承した。

次の週の火曜日、午後三時過ぎに玄関チャイムが鳴った。団地からやや離れているからいつも誰か確かめてから開ける。白い市のヘルメットに太い黒縁の眼鏡をかけ、薄緑色の作業着を着ている。間違いないだろう。玲奈はチエーンを外した。

玲奈は山田と名乗った森林管理事務所の職員を家の裏手に案内する。

ヘルメットの先を右手でつまんで上げ、空を見るように、落石防止柵上の斜面のニセアカシア林に一本松の枯れた大木を見上げた。若い横顔が祐介より精悍だ。顎のそり残しの青い鬚が新鮮だった。体型はすらっとしている。

「台風でも来れば、間違いなく倒れますね。屋根にでも直撃したら、家が壊れるでしょうから、すぐ段取りして切ります」山田はそこで言葉を切り、玲奈の目を見て、ややあってから、

「業者に頼みますから、決まったらお知らせします」

彼はヘルメットを取って辞儀をした。光り輝くスキンヘッドだった。

次の週は何事もなく過ぎようとした金曜日、玲奈の携帯電話がぶるぶると震えた。スキンヘッド山田からだ。段取りが出来たので、来週月曜日から現場に入ります、ついては家の裏手に入らせてほしいとのことだった。

「いいですよ。でも、わたし休みではありませんよ。ついでにあのニセアカシアなんとかなりません？」

玲奈は前々からおもっていたことを言った。一瞬、電話の向こうに緊張が走る。

「作業はご在宅でなくてもできます。ただ敷地に入らせてくださいね」

「分かりましたわ。それで……」

「ええ、ニセアカシアは今が切り刻《どき》なんですよ。それはわかっているンですがね……」

「切り刻？」

「ええ、樹は子孫を残そうと花が満開になった後が、樹勢の一番弱っているときなンです。かわいそうですがね」

「どうゆうことですか？」

「花を咲かせることは、大変なエネルギーがいるンです。ですから、普段はいくらでも再生するニセアカシアの生命力が弱くなるときなンですよ。竹なんか百年に一回しか花を咲かせませんが、咲いたらその竹は枯死するンです」

「分かります」と私は窓から見えるニセアカシア林を見上げた。

「セイタカアワダチソウもそうですが……、ニセアカシアは根からアレロパシーという他の植物を排除する物質を出して一斉林になるンです。生物多様化の敵なンです。ですから、森林改造といってニセアカシア林を本来の広葉樹林にする作業を進めています。多様な森にすることは多様な生物を育みます。野生動物にとってもドングリなど木の実、昆虫、鼠など食べ物が豊富になることを意味します。びくびくしながら町に出て行かなくてもすむのです。来年の花の時期に、このあたりの山をやりましょう。あと一年、待ってくれませんか？　予算が……」

「………」

玲奈はまた、黙って承知するしかなかった。

会社は休めないから、と山田には言ったが、課長のご機嫌の良いときに申し出て、どうにか年休が取れたので、月曜日は松食い虫の犠牲になった立ち枯れ一本松を切る作業に立ち会うことができた。

監督を含めて作業員五人。長いアームの先に人が乗り込んで作業できるバケットがついた高所作業車一台、クレーン積載トラック一台、作業道具などを積載した二トントラック一台、作業員車二台の計五台編成のチームだ。

高所作業車の緑ヘルメットの作業員は、監督の指示に従ってバケットを操作している。驚いたことに監督は小柄だがスタイルがいい色白の女の子だった。目力が印象に残る。

「もっと樹の近くにバケットを寄せんかいな」

小柄のわりには声は大きい。現場に緊張が走る。

レッカー車もアームを伸ばし始めた。バケットの緑ヘルメットが大小の枝をチエンソーで落とし始めた。

唸るチエンソーの音と、排気煙に混じるオイルの臭いが辺りに満ちる。

緑ヘルメットは枯れ木の枝を次々、切り落としていく。

やがて枯れ松は電信柱にしてはひねているが、幹だけとなった。

「やあ、仕事では？」

振り向くと、スキンヘッド山田が立っていた。

「ええ、なんとか休みが取れましたの」

「そうですか、良かったです。家の裏手に車が入れるか心配してたンですが……なんとか……」

「ええ、わたしも……」

「ちゃんと掃除はさせますからご安心ください」

「あの大木、根元から切り倒すのですか？」

「いえいえ、玉切りと言いましてね、上から長さ一メーター八十センチずつ吊ったまま分けて切り、下に降ろします。今、玉掛けっていうンですけれど、吊るために、ロープかけをしているところですよ」

「よしやあ」女監督の右手があがった。クレーン車のアームの先のフックと枯れ松の間のロープがピーンと伸びた。

チエンソーの音が辺りに響く。切り離された丸太が宙を泳いでいる。丸太は徐々に地上に降ろされていく。

緑ヘルメットは次の段取りを始めている。

二時間ほどで大木は丸太になって地上に降ろされ、二トントラックに積み込まれた。

「あれどうするンですか？」

玲奈は山田に訊いた。

「バイオマス工場に運んでチップにしてバイオマス発電燃料にします。今では発電熱をトマト栽培の熱源にするシステムもあるンです」

山田はそう言い、「うちの事務所にも小型チップ製造機械や小規模バイオマス発電機もあるンですよ。今度見に来てください。事務所の暖房や冷房の熱源として十分なンです」

と玲奈の目を見て続けた。

このところ、天気が続いている。芝生に散水しなければならない。松の枯れ木伐採現場から離れて、芝生に三基の回転式移動散水スプリンクラーを設置して散水を始めた。

玲奈は散水が好きだった。子どもの頃に水遊びした記憶が、どうも玲奈を愉快にさせるようだった。スプリンクラーの回転に併せて水しぶきから逃げるように芝生を走り回った。

夕方、まだ海に夕色が残り、黄昏が訪れる前のわずかな時間だった。ホースや回転ノズルをネコに載せて倉庫にしまおうとしたとき、後ろから暖かい手で目隠しをされた。

祐介だった。

「バイト終わったの？　ちょうど、よかったわ。これしまって」

玲奈は少し甘えた声を出した。

「ああ」相変わらずぶっきらぼうに、嫌そう態度で、しかし、それでいて逆らいもせず、祐介は黙って玲奈からネコを受け取ると、倉庫の方へ押していった。

遠くに町の灯火がはっきりし始めていた。もうすぐ夜景が煌めき始めるだろう。裏山の森は黒く塗り込められつつあった。闇は不気味な静けさを秘めている。

「豚まん、買《こ》うてきたから、食べようや。例のカボチャスープないンか？」

「うん、あるよ。ビール飲む？」

玲奈はレンジのダイヤルを合わせている祐介の背中に言った。

身体を動かしたせいか、玲奈は密かに欲情していた。そろそろ解禁しても良いかと考えていた。

玲奈はもう一度、スーパーに戻ってさっき買ったのと同じ物を買った。それと、綿の布製買い物バッグも買った。スーパーのロゴが入った緑色のバッグに食材を詰める。そういえば、イノシシは視力が弱く、緑色は見にくい、と区役所のイノシシ対処法に書いてあった。

指がまだ痛い。黒い影をおもい出すと怖くなる。

家に着くと、着替えのために二階に上がる。芝生に面した玲奈の部屋のスイッチを付ける前に、夜陰に狸か狐か、もしからしたらアライグマかもしれない、何かの光る目を目撃した。灯を点けると、すばやく影となって消える。玲奈の目にしばらく恐怖の色が残った。豪華弁当をテーブルにおいて、レトルトのカボチャスープをレンジに入れてダイヤルを回す。

加熱時間は二分。

いつもこのときおもうのだが、この二分間がとても長く感じる。待つ時間は普通の時間よりさらに長い時間軸があるのではないか、と。冷蔵庫からビールを出し、スプーンと玲奈専用の箸を並べた。

それからダイニングキチンの明かりを消した。レンジのタイムゲージが点滅している。

遠く眼下に町の夜景が煌めいていた。

中秋の朝まだきの語

桜の葉が赤く染まり始めた。

玲奈は寒さを感じ、目が覚める。

夕べは雨が降っていたが、あがったようだ。

明け方少し前、月光が差し込むカーテンの隙間から何げなく芝生を見た。高麗芝だから気温が下がるにつれてこのところやや元気がなく、色も褪せ始めている。

カーテンの外は、夜明け特有の濃紺から白の世界に移る時間だった。雨が上がって名残の月光が濡れた芝生を照らしている。

しかし、芝生に波が立っているような黒い三角形の影が無数に見える。

ふと薄くなりはじめた月光の中に蠢く一つ、三つの影を見た。大きいのと小さいのがいる。玲奈は咄嗟に芝生に面した部屋の電気を点けて回った。

何本かの白い直線が窓枠を斜めに過《よ》ぎる。

パジャマのまま、階段を駆け下り、ダイニングキッチンのガラス戸から庭に出る。

芝生は掘り返されていた。芝生は張った直後のように、四角く剥がされ、ひっくり返されていた。微妙に低い部分の芝生に雨水がたまっていた所は、土と芝がこね回され、ぬた場に近い泥状の砂場のようになっていた。

イノシシが数頭で芝生に潜む虫やミミズを食い散らかしたのだ。

玲奈は腹が立った。

(わたしは、買い物を取られてしまうたりしたけど、一度だって、あんたたちをいじめたことないよ。なんでよりによって、うちの芝生なん？　農薬を滅多に使わないので、ミミズやヨトウムシがたくさんいるから？)

あの暑い眩しい太陽の陽射しの下での作業は何だったのだろう。流れ出る汗を拭いながらの芝刈りは……。彼らが鼻と牙で掘り返した跡は丹精こめて世話をし、ようやく暑い夏をしのいで来年の春まで一休み。芝高を揃える最後の軽い芝刈りと目土入れを来週しようと予定していた矢先だった。

芝焼きもやってみたかったが、周辺の雑木林やニセアカシア林へ飛び火したら……と踏み切れなかった。

イノシシよけの電牧柵も森林管理事務所のヘッドスキン山田に勧められて、なけなしの貯金をはたいて施工したけれど、初めは効果があったが、慣れると平気でくぐり抜けた。しかも一カ所施工漏れがあった。彼らは見事にそこを見つけて侵入している。これは後で聞いた話だが、もはや六甲山のイノシシには電牧柵は効果がないという。

そうと分かっていたら、特大のストロベリーパフェをおもいっきり食べた方が、よかった。山田のアドバイスが恨めしい。

それにしても芝生は修復が不可能とおもえるほど凄惨な状況だった。剥がされた芝生は全体に及んでいる。芝生うらの黒土がよく目立つ。薄れかけていた月光の下で、オセロのように一瞬にしてすべて、黒に変換されてしまったような錯覚に陥った。

涙が自然に出た。玲奈は泣きながら、戻せそうな芝を丁寧に張り直し始める。スマホで写真をとり祐介にすぐ来るようメールで送り、ラインでも、

〈すぐ来て〉

とSOSを打った。

やや長く感じる時間が過ぎて既読になったが、返信はない。

〈戸惑っているのだろうか？　また眠ってしまったのだろうか？　二度寝はなかなか目覚めない〉

電話をかけてみる。長い呼び出し音が祐介の部屋に溜まり始めているだろう。彼の呼び出し音は彼の好きな曲だった。気持ちが混沌としていて記憶を呼び出せない。

〈こんなときに何してるンよ〉

とおもったが、彼に駆けつけてもらっても埒が明かないことはよく分かっている。ただ、そうおもうことで、祐介には申し訳ないが、あなたが頼りないから、自分がしっかりしなければ、と心を強く自ら励ますために、彼の頼りなさをバネに正常な心を呼び戻そうとしているのが、ぼんやりと理解できた。考えてみれば、とんでもない女だ。眠っている彼を起こしてしまうかもしれない、現に起こしてしまった、身勝手なラインを送りつけて、即座の返信を願う自分にあきれた。彼はどう返事をしたものか迷っているのだろう。もしかしたら、仕方なく眠気を覚ますために、顔を洗い、着替えをして玲奈のもとに駆けつけるつもりで準備をしているかもしれない。

そうおもいながらも、返信を待つ自分。フリーターの祐介をよくからかってきたのは、彼が玲奈から去って行かないという確証のない傲慢さがあったからだ。今だって既読なのにラインの返信がないのをおもしろくないと微かに苛立っている玲奈だった。

しかし正直言って、混乱する玲奈の心にイノシシへの怒りは大きかったが、もうすでに、しかたがないわ、という感じに薄れつつあった。

イノシシたちにとっては、人間界が勝手に決めた境界を越えて来たに過ぎないのかもしれない。もともと、この辺りは彼らの縄張りだったのだろう。ぬた場もあったかもしれない。ある意味ではこれは人災なのだ。

完全に夜が明けた。

ますます悲惨さが朝日に曝され始めた。月は光を失って白い透き通った紙のように西の空で薄れつつあった。

今日は仕事を休めるだろうか。五十日《ごとび》ではないが、忙しいに決まっている。課長の捻り曲がった唇が浮かぶ。

しかし、このまま放っておくわけにいかない。

午前八時になるのを待って、課長に電話した。

「どうしたンや？　朝早くから……」

「緊急の用ができました。休ませてください」

「おい、この頃、休みが多いンとちゃうか?」

課長の言外の言葉が浮かんで消えた。

(いい加減にせえや)

でも、

(課長に旦那みたいに、おい、と呼ばれたくないですわ。休暇は当然の権利です。嫁や娘を、おい、と呼んで名作をものしたのは、城山三郎や葛飾北斎だけです)

と無言の応酬をしていた。

玲奈は課長の返事もまたずに電話を切った。

すぐ折り返し課長から電話がかかってきた。

「緊急のようだから、仕方ないな。明日は出てこいよ」

玲奈は礼を言って電話を置いた。

スマホで調べると、イノシシに荒らされない芝生の管理方法がたくさん見つかった。とうがらしエキスや木酢酸液の散布や、変わったところではオオカミの尿の匂い付けなどだ。

取りあえず団地のテニスクラブから軽トラックごと転圧水ローラーを借りに行くことに

する。電話をして都合を訊くと、午後からだったら空いている、という。

長袖シャツにジーパンに長靴を履いた。まだ日射しは強い。麦わら帽子に目だけだすニカーブスタイルは久しぶりだ。足が蒸れて臭くなるのは覚悟している。まだ若いからおじさんのような加齢臭はないにしても、足の臭いは若い女の子でも気がつくことがある。

〈午後三時まではバイトが入ってる。終わったら行くよ〉

そのとき、ようやく祐介からラインの返信があった。玲奈はそれを読むと、

〈分かったわ、それまでどうにか一人でやるわ。待ってるね〉

と猛烈なスピードで返信した。

トースト、ベーコン入り目玉焼き、パックのレタスとトマトのサラダの昼食を済ますと、ニカーブのような頭巾だけ外した格好で自転車で団地のテニスクラブまで坂を下りた。自転車は帰りに軽トラックに乗せればいい。

テニスクラブのオーナーは玲奈が頼まれて住んでいる友人の家の母方の伯父さんだった。友人は渡米する前に、芝生管理に必要な水ローラーや軽トラックを必要に応じて玲奈に貸すことを頼んでくれていたのだった。テニスコートは人工芝コートだったけれど、目土に微粒な砂が必要だ。それでついでに玲奈の芝生用目土も購入して届けてくれるなど、何か

と面倒をみてくれていた。

「イノシシにやれんたンか？　あそこはすぐ山だからな。でもな、ニセアカシア林や。蜂蜜屋しか行かへん。あそこはイノシシの縄張りや」

（無体なことを言う。芝生管理が条件で住んでいるわたしにとってはたまったもんではないわ）

と、玲奈の心の声。

オーナーは察したのか、クッキーとコーヒーを出してくれた。テニスクラブのカフェで売っている西宮の有名店の上等なクッキーだ。女の子に人気がある焼き菓子だった。ときどき、バイト代が入ったから、と玲奈が好きなことを知っている祐介が買ってきてくれる。

「ええ、途方に暮れています。取りあえず剥がれた芝を元に戻してローラーで転圧したいンです」

「昨日の晩はかなり雨が降ったからなあ。どろどろやな」

「そうなンです。何か良い修復方法があったら教えてください」

「ああ……」

オーナーは少し考える風だった。

「うちの近所も生ゴミ置き場付近にうり坊連れの雌イノシシが出るンやがな、近所で『かわいそうだと餌をやる派』と市役所からのお達しの『野生動物を餌付けしないでください』派がもめてるンや」

「今度のことで、みんながどんなご意見か知りたいですね」

玲奈はコーヒーのカップを持ちながら言った。

「連絡いってないか？　玲奈さんとこも、自治会会員やから、参加したらええンや。今度の土曜日午後七時から自治会の定例会で区役所の担当課も出席して両派が集まって、今後の方針をどうするか、議論することになっとるンや」

オーナーはコートに面したカフェの窓から渇いた音とともに行き交う黄色い玉のラリーを目で追っている。玲奈は即座に参加したいとオーナーに伝えた。

「じいさん、ばあさん、それにおばさん、おじさんの集まりやけど、ええか？　おばさんたちは特に手強いよ。あっ、そうや、猟友会も出てくれるそうや」

「動物たち、イノシシの参加はないンですか？」

玲奈の言葉にオーナーはやや目を落として無言だった。

（冗談をいっている場合か？）ということだろうか。

午後から芝片の張り戻し作業を独りでこなす。ぬた場のようになったところを除き、芝をもとに戻すことが出来た。ぬかるみになっている所は乾いてからどうにかしよう。

午後四時頃、もう辺りは夕刻のように陰った。

ようやく祐介が来てくれた。あんまり役に立たないのは分かっているが、傍らに居てくれたら心強いのだ。人に言わせれば、玲奈の心の支えなンやから、役にたっているやンか、と言われそうだ。

おもわずハグしてしまった。祐介はすぐその気になって、キスをしようとしたが、

（そんな場合ではないわ。あとでね）

と、玲奈は両手を伸ばして彼の身体を剥がした。

祐介はうっすらとした闇が芝生の上に漂い始めるまで、玲奈が修復した芝生の上をゆっくりと水ローラーを引いていた。祐介にしては精を出してくれた。

玲奈は芝生から離れると、ダイニングキッチンに立った。イノシシが原因だから、パワーを蓄えるため、ジビエではないが、仲間の豚肉の生姜焼きを作ろうとおもっていた。

玲奈の豚肉の生姜焼きのレシピは、塩、コショウではなく塩麹を塩の代わりに使う。こうすると、味にこくが出て肉が柔らかくなる。予め、豚肉を塩麹、すり下ろし生姜、ブラ

ックペッパー、醤油、酒、味醂で作ったたれに馴染ませておくのも玲奈は密かに実行している。ご飯は炊くのに時間がかかるので、レンジでチンのインスタントで済ませる。一パックの量が玲奈にはちょうど良かった。祐介には少ないらしくいつも二パック用意する。

「これうまいワ。最近ジビエが流行っているけど、イノシシの肉で生姜焼きどうや？　生姜で臭みが消えていいかもしへんなあ。どんどん食べるしかないンや」

祐介は大きめの生姜焼きを頬張りながら言った。ビールが美味そうだった。


晩秋の土曜日午後七時少し前、玲奈は自治会の定例会に出席した。団地の自治会館に行くのは初めてだった。

図書館のように壁は本棚で埋まっていたが、団地完成記念とかあまり興味を引く本はなかった。分厚さはたいしたものだが、どれもが開発の経緯を語る退屈な本ばかりだった。

会議室に玲奈が入っていくと、好奇な目が彼女に集中した。この部屋で二十代の若い女性と会うなんて希有なことだっただろう。

(何しにきたンや？)

おじさん、おばさんの参加者全員が玲奈のような若い女の出席に慣れていないのだ。自分の娘か、人によっては孫と一緒にいるような感じだったのだろう。きっと玲奈がどんな意見を言うか、半ば楽しみにしている雰囲気を感じた。

十枚ほど歴代の自治会長の写真が飾られた会議室で現自治会長の司会で会議は始まった。出席者の自己紹介の後、お決まりの会長挨拶。

「本日は最近、スーパー周辺や山際の住宅やハイキングコースなどにイノシシが頻繁に出没し、餌をねだったり、強奪したりして、自治会員を怖がらせ困らせています。つきましては、本日、国会ではありませんが、野生動物とどう共生するかを議題とした集中審議を致したいとおもい、関係の方にお集まりいただきました」

と固い表情で経緯を述べ、まず、それぞれの立場の意見披露から始まった。

区役所担当課の語

担当係長はまだ若くしゃべり方が情熱的で話し出したら止まらなくなりそうなタイプだった。白いワイシャツの襟が眩しい。縁なし眼鏡も似合っている。目は一重で瞳だけ動かしたとき、ちょっと鋭さを感じる。

本来、野生動物の所管は、環境省です。「鳥獣の保護及び管理並びに狩猟の適正化に関する法律」と「動物愛護法」や「鳥獣害特別措置法」など関連法規の主務官庁です。ですから、本来、この問題は環境省とその事務を担う県庁の仕事かもしれませんが、今日は第一線として市民とともに市民生活を守るために野生動物の餌付けの問題、安全な市民生活の確保などの立場から参加しています。禁猟などの問題は所管ではありませんが、生物多様化など環境保全は市民生活と密接な関係がありますので、正式な窓口ではありませんが、しっかり取り次いでいきたいとおもっています。

現在、市内ではイノシシ、アライグマなどの獣害、鳥インフルエンザなどの問題が起こっています。私どもは野生動物や野良猫などに安易な餌付けをしないよう呼びかけていきます。どうぞなんでも相談してください。

また、市内の野生動物の動向も差し迫っています。日本海側で森林に大被害を与えている鹿は六甲山に迫っています。彼らは人間を怖がりません。猿は北の大公園に出没しています。ある通所の事業所では通所者が丹精して作った椎茸が一晩でほぼ全滅の被害を受けて世話をしていた子どもたちを悲しませた事例もあります。アライグマの被害も大きいですね。西瓜やウリや網干《あぼし》メロンなどが好物で甘い美味しいのばかりよって食べるのです。

――（玲奈の思い）なかなか頼もしい。しかし、どこまでやれるのか、心配だった。イノシシや猫の餌付けは毎日、目撃している。区役所が出張ってきて注意をしている様子も見かけない。あれはかけ声だけなのだろうか。それともスタッフが少なく手が回らないのだろうか？

暗闇に紛れてカートを引いた女の人がイノシシに餌をこそこそ与えている。餌付けの場所と時間は決まっているらしく、いつも同じ場所、時間にイノシシは現れている。子連れもいる。取り締まろうと思えば可能だが、そうもいかないのだろうか。

「それ、止めた方がいいンではないですか？」

ある日、玲奈は勇気を出して女に声をかけた。七十歳を超えているだろうか。身なりも上等と言えないが、まあ整っている。白髪まじりの髪はあまり梳いていない感じだった。女はちらっと玲奈を見上げたが、無言で餌をやり続けていた。

注意を聞いてくれるとはおもっていなかったが、無視は最高の屈辱のようにおもえた。仕方なくその場を離れようとしたとき、言葉が追いかけてきた。

「あんた、何様や？　誰も迷惑かけてへんワ」

玲奈は応えず足を早めた。個々で議論しても仕方ない。きっと水かけ論になって心に澱が溜まるだけだ。

家への坂道の途中を横切る小川の橋のたもとでこれも夜なのに幅広帽に、サングラスにマスクの女の人だった。背丈は小学生の四、五年くらいか低い。彼女の足下には、尻尾をまっすぐ立てたキジ猫や黒猫や三毛猫が四、五匹まとわりついている。

「野良猫に餌をやらないでください」

玲奈は毅然として言った。

「野良猫じゃないよ。私は猫とこの町に住んでいるンや。それを取り上げられたら、おしまいや。寂しい、さびしい。この子らは私の子どもやねん」

女はまだ完全に収まっていない玲奈の心を再度揺さぶった。

「それは分かりますけれど……」

「人間生活に都合悪いから、餌やったらあかん、というのかいな？　もともと猫も人間様の都合で野良になったや。悪もんは人間やで。わしらはそれで面倒をみてるンと思ってくれたらええンや」

玲奈はもう議論しても平行線の気がして黙って聞いた。

そしてこの問題、いろいろな解決策があるようだ。最終的には、昔のように〈触らぬ神に祟りなし〉ともに共存して生き、生態系の枠組みを自然界に返すしか解決策はないのではないか。それは人間にとってほとんど不可能に近い。それはすべての生物の生と死に関わる食物連鎖の頂点に立っている人間の横暴でしかないのだけれど……。ここまではTVの「人と動物との共生」番組でよく語られていることで何にも新しいものではなかった。玲奈は今日、ここで新しい提案が出ないかと期待しているのにと思った。

野生動物間引き派の語

わしは嫁とふたりでわずかな年金とあとは小さな田んぼと畑で生計を立ててるもんや。都会の人には、分からんかな？　出荷はせんけど、今年は西瓜を作ったンや。孫におもいっ切り食べてもらいたくてな。一番なりの五つは食べ頃やった。明日、収穫しようとおもった、その晩に、すべて食い荒らされてしもうたンや。イノシシだと他も荒らし回るから、それがないところをみると、アライグマや。悔しかったなあ。

電牧柵も箱罠もそれこそ彼らは鼻でふふーんと笑って避けてとおりよる。後は徹底的に全滅させるしかないだろう。猟友会の人も来てくれているし、良いアイディアを聞きたいンや。

せっかく丹精して作った野菜を全部台無しにされてみろや。腹が立つ。うちの裏山は手入れができんかったから、孟宗の竹林になったンや。春には美味いタケノコがとれるンやがな、イノシシの大好物や。まだ先が土から出る前の柔らかいところを全部食べられてしまうンや。

(絶滅させてしまえ)

と極端なことをおもったこともある。もちろん、おもっただけだけれどな……。わしもそこまで過激ではないワ。誤解せんといてな、わしは適当に間引いたらいいとおもてるンや、適当に食べられないかな、と顔が穏やかになった。ジビエを推奨している。

しかしな、ときどき、野生動物に餌付けしている人を見ると、体中にむくむくと怒りが電気を充電するように溢れてくるンや。餌付けしたい気持ちは分からんでもない。寄ってきて懐いたら可愛いだろうなあ、と本当は動物好きやから言いたい。餌付けは野生動物を駄目にするやろ。それは今や社会の常識や。なのに、なんでや？　野生動物は自分で餌を探して生きて初めて野生や。人間は自分で生きる尊厳を忘れてるンや。もし、食べるものがなくなったとき、餌付けをしている人は自分の食べるものを減らしてでも彼らと、生と死を分け合う覚悟があるンやろうか？　いや、ないやろな。下手したら、その人は、ジビエよろしく、殺して食べてしまうかもしれん。これこそ人間が猛獣といわれる所以や。

「わしは果たして残酷な人間やろか？」

彼は私たちを見回して話を終えた。

――（玲奈の思い）この方は決して異常で残酷な人ではない。彼は心のうちをはっきり言っている。正直言ってなかなか本心を言えなくて、良い格好してしまいそうなわたしを諌めてくれる発言だった。でも賛成はできないけどね。最近、「野生動物とともに生きる」という番組をＴＶで観た。

餌付けは反対だけど、餌付けを止めない人を観察すると、どこかとても淋しそうだという。それと彼らは餌付けが野生動物にとって生きるためにプラスではないことを知っているのに、都会で生きる孤独を忘れるために、止められないのではないか、と。そういえば、田舎で餌付けのことはあまり聞かない。

都会に住む彼らは野生動物のやさしさに慰められたいに違いない。

それなら、あの夕方の暗闇に紛れて餌付けをする必要はないよ。堂々としたら……良いンや。

「それ、止めた方がいいンではないですか？」

と、もしかしたら、誰かに言われるのを待っているのだろうか。

「ええ、そうです。止めさせてくれる人を探しているンです。駄目なのは分かっているンですよ」

と彼女は言いたいのかもしれない。

でも、ここで少し考え方を変えてみよう。餌付けする方向に変換すると、餌は何がいいか、など話題が変わる。もしかしたら、食害もなくなるかもしれない。その辺はやってみないと分からない。何事も凝り固まった考えから良いものは生まれない。玲奈は柔軟の大切さを知った。でも、自分は少し良い格好しいかな？　後ろめたい。

ふと、玲奈は都会を走る鉄道沿いの側溝で暮らす狸の闇に光るつぶらな瞳をおもい出していた。

野生動物との共生派の語

わたしは大学で森林生態学を研究しています。

餌付けは反対。野生動物は自力で食べ物を探して食べ、自然生態系の中で生きてほしい。わたしは家の中に牛小屋がある家で育ちました。牛は家族、一緒に住んでいたンです。牛の具合が悪いとすぐ分かります。家族はオロオロし電話します。獣医さんが来てくれて、強大な注射器で牛の尻に一本打って帰っていきます。かわいい目から涙を流すンですよ。

広い玄関に入ると、右側が牛舎。左手は磨き込まれた縁があって、普通の客はその縁の座布団に腰掛けて話をし、ときにはお茶を飲んだりします。反対側から玄関に牛も顔を出すこともあります。客と我が家の家人は牛の臭いを共有します。

牛は客に頭を撫でてもらって気持ちよさそうにしていることもありました。縁の大きな一枚ものの杉板戸を開けると、仏間に通じる客間です。牛は乳牛でも食肉牛でもないただの耕作牛です。

牛って近くで観ると、口をもぐもぐさせながらとても可愛い澄んだ目をしています。わたしなんか、学校から帰ったらランドセルを縁に投げ出して牛の頭を撫で、二言、三言、「おとなしくしてたンか?」などと声をかけるのも楽しみでした。

牛は野生動物ではないけれど、人の気持ちも推し量れるみたいです。それで家畜のようにはいかない、理想論かもしれないけれど、わたしは野生動物との共生こそ、人類を含めて昔のように、生物の多様性を復活させる切り札ではないかとおもうのです。それが、人間の生き残れる唯一の道ですよ。

ですから、わたしは森と町の間に共生ゾーンを、いい方を変えれば、「里山ゾーン」。里山こそ昔から共生ゾーンだったンです。今、里山は凄まじい勢いで消滅しつつあります。だから野生動物たちは安定した自然の破壊におびえて、どうして良いか分からず右往左往しているのだとおもいませんか？　何とかして歯止めをかけないといけませんね。

皆さん、協力して里山の復活を図りましょうよ。そこは人と野生がともに生きる、境界のないゾーンなンです。

こういうと、それは理想論や、なんの発展もないやんか、と強い口調で否定する人が必ず一人はいます。でもそんなことでへこたれたりしません。

そう呼びかけて彼女は眼を細め、少し白髪が交じり始めた長めの髪を手櫛で掻き上げた。

会場はしばらく、その迫力に沈黙が続いた。

――（玲奈の思い）ちょうどわたしの住んでいるところあたりの裏山の森が彼女の想定に合いそうね。あってないような幻の境界、どちらからも入ることの出来る共生ゾーンの提案はおもしろい。今はニセアカシア林だけれど、森林改造してもらって、その森に市民が里山をぼつぼつ復活させていけばいいわ。ニセアカシア林の上に雨水をためた小さな防火用の池もあるわ。あれも利用できるし、イノシシの水場もぬた場も作れるわ。

焦らず結果を百年タームで考えていったら、理想の里山が出来るのではないかな。ドングリやトチの実、山草、土の中の昆虫、蜂蜜、茸など森の幸を野生動物と共有できるのではないか、と。あとで彼女と名刺を交換してもっと議論を深めたいとおもったわ。

陰でとやかくいう人はたくさんいるけれど、実践しようという人は大切にしなければ、議論や理論ばかりでは話にならないわ。まずは実践ね。やってみて、どうのこうの、言う人は信用できるわ。

野生動物餌付け派の語

わたしは今、皆さんの攻撃の的。でも餌付けして何が悪いの？　とおもっています。この会議に出るか出ないか、とても迷いました。でも、なぜ、反対なのか、また、わたしが社会ルールを無視して夜陰に紛れ、イノシシや猫たちに餌付けしているのか、わたしの気持ちを分かってほしいからです。

わたしには夫がいました。五年前になくなったのです。子どもは残念ながら出来ませんでした。

夫は現役時代、超大型タンカーの船長でした。日本と中東の間一万二千キロのオイルロードを四十五日間かけて往復していたのです。帰ってくると二週間休みです。

わたしたちは毎日、互いを確かめあって過ごしました。そしてその余韻をわたしに残してまた出かけていきます。その繰り返しです。わたしは薄れかける夫の余韻を大切にしながらひたすら夫の帰りを待つのです。昼間は買い物や近所の人との世間話で淋しさを紛らすことも出来ましたが、夜になると、いけません。夫が恋しくなるのです。会いたいと切におもいます。現地で原油を積み込む時間などを見計らって電話しますが、そのときはいいのですが、切った後はかえって海の底を行く深海艇の中に独り閉じ込められたような気分になってどうしようもなく淋しいのです。心が身体の内側から無理矢理、剥がれていくみたいな感覚なのです。

そんなとき、近くの生ゴミ置き場にいつもやってくるイノシシの親子と知り合ったのです。初めはただ眺めていただけだったンですが、そのうち、味気ない独りの食事の残り物を持って行くようになりました。昼間は人目がありますから、いつも日が暮れてから出かけることにしました。夜でも人に会うと、批難めいた冷ややかな視線を感じました。その眼差しは熱帯夜の夏でもひんやりとわたしの身体にまとわりつき、ねっとりとしています。やがて親子もわたしがやってくる場所と時間を覚えて姿を現すようになったンです。うり坊はとてもかわいいですよ。母親も何もしないし、おもったより柔らかい鼻を手に押しつけてきます。

そしていつしか病みつきになってしまったンです。物を食べる様子とか、鳴き声とかを聞き、わたしが独り言に近い勝手に話していることはおそらく理解していないでしょうが、分かったような素振りしているみたいに感じるのです。

「いただきます」という食事のときの挨拶は、生き物の命を今から、いただきます、そして生きます、ということなンですよね。開き直るようですが、餌付けはその恩返しの意味もあるンです。人間は日々、平気で多くの動物を屠殺し、生きています。

それと比べて極めてささやかな、わたしの楽しみをどうか取らないでください。

「それって、他人の迷惑を考えていませんよね」

何処の所属か知らないけれど、白いワンピースに季節外れの赤いサマーマフラーの五十がらみの女だった。餌付け派の女は悲しい顔をしたまま下を向いた。

――（玲奈の思い）船長の奥さんのひたすら夫の帰りを待つつらさ、淋しさ、孤独は良く理解できた。玲奈の場合、彼女が欲すれば、極めて都合良く祐介が駆けつけてくれる。しかし、彼女の場合はそうはいかないのだろう。

わたしが彼女だったら、適当にボーイフレンドを作ってその淋しさの穴埋めをしているのではないか、とドライな想像をしてしまった。決してイノシシや猫を相手に淋しさや孤独を紛らしたりしないと思った。

けれど、同性として女の思いは理解できたが、その気持ちを無理矢理、心の中に閉じ込めようとして身体が軋んだ。

餌付けは反対だ。

猟友会の翁の語

私は村田喜一と言います。八十五歳を過ぎたばかりや。本当は会の幹部が出席の予定やったンですが、家族に不幸があってここに近い私が出席することになりましたンや。

自分ではまだ若いと思っていますが、猟友会も高齢化が進み、免許を持っている会員も年ごとに減少してますねん。若いもんは一向に入会せぇへんのです。それに猟に不可欠な何頭もの猟犬を飼い続ける意気込みや体力が歳を取るにつれて日ごとに薄れていくンです。銃は親父から引き継いだ旧日本陸軍払い下げの村田銃だったンですけど、今は最新式の米国製散弾銃です。でもな、銃は最新式でも身体は骨董品なんです。

私の祖先は、今は伝説に近い名猟師の群れマタギですねん。主に高価な毛皮と熊胆《くまのい》を狙った熊猟が中心だったらしいです。

「よくTVで地元猟友会などと宣伝してくれていますが、高齢化が進んでチームを組んでの狩猟はご無沙汰ですワ」

村田は座を見回して自嘲気味に笑い、「罠も仕掛ける免許も持っていますが、近頃はハイキングや登山の人が多すぎて危険すぎますワ。無理ですね」と続けた。

「それって、組織的出動はむずかしい、ということですか？」

区役所担当係長が訊いた。

「そういうわけじゃありません。正式には猟友会の事務局に訊いてもらえますか？　私はあまりイノシシを撃ちたくないンです。猪鍋も好きじゃないンです。仲間の肉を食べているような気分になるンです。イノシシが町に現れて追い回されれば、イノシシでなくても怖くなって暴れ回ります。人間だって同じです。原因はすべて人間の身勝手さに起因していますからな」

村田は神妙に応えた。

そして彼は最後に、かつて森の野生動物の生態系は人が支配していなかったンです。森の主は、今は絶滅したとされているニホンオオカミが、すなわち「大神」だったのです。彼らはいや日本人も呼び名でも分かるように、神の御名のもと、森の生態系を差配していたンです。人間への危害が心配でもありますが、どこかにまだ、生息しているのではないかという幻のオオカミを探し出して、森を昔の世界に戻してやれば、イノシシも熊も人間界に下りてきて人間にとっての悪さをしなくなるのではないかとおもいますよ。人はすべてを支配しようなんて傲慢になってはいけないのです。

——（玲奈の思い）この老人のいうとおりだとおもった。昔マタギは猟に先立ち、身を浄め、神に祈って許しを得てから殺生の猟に出かけた、それはまさに神事だった、ということをＴＶ放送で知った。マタギの猟は修験道と結びついた神事を行っていると位置づけられ、無闇矢鱈に野生動物を狩っていたわけではなかった。かつて狩は神事に近かった。自然への畏敬、死への畏敬、無益な殺生の祟りを恐れ、生命を持つものを互いに認め、その死をいただく感謝の気持ちを持って、民は生きていたのだ。

そして本来、山や森の秩序はオオカミが守っていたことを人間は、「大神」と名付けて畏敬をもって認めていたのだ、いつどこで歯車が狂ったのだろう。

今はそれを考える刻《とき》ではないか。玲奈はまたどこかのおっさんが絵空事や、と言うかもしれないが、ここに自然や野生動物と共生の暮らしができるヒントがあるようにおもえた。

会議は二時間ほどで互いの立場を主張しただけで結論が出ないまま終わった。玲奈は発言しなかったけれど、多くの収穫があったとおもっている。この中から実行できるものを議論でなく進めればいい。しかし、イノシシの行為に激高するのでなく、彼らの立場も考えに入れることは人間界では禁忌に近いことも知った。下手するといじめのターゲットにされてしまう。

いずれにしても困難な道であることは変わりなかった。

猪《しし》の独り言の語

わたしは玲奈さんの家の裏山あたりを縄張りとしている母イノシシです。坊やとお嬢の二匹の子どもがいます。夫はどこかに行ってしまいましたから知りません。人間世界と同じであっちこっちに自分の遺伝子を残そうと飛び回っているのです。ですからわたしたちはいつも母子家庭なのです。でも、母子だけで結構仲良く暮らしています。

昔は玲奈さんの家よりもっと南の団地の先まで森だったンです。わたしがまだ子どものころ、毎日母親に連れられて海が見える団地の先まで行っていました。ですから、この辺りはもともとわたしたち一族の縄張りだったンですよ。人間がある日突然に、森を切り開き、わたしたちを奥へ奥へと追いやったのです。奥に森があるところはいいですが、後ろは断崖絶壁、その向こうは海だったら行くところがなくなるのです。でも、仲間から聞いた話ですけれど、男猪の中には、女猪を追って淡路島本島から三キロメーターぐらい離れた沼島《ぬしま》まで泳ぎ渡った猛者《もさ》もいるとか。昔は沼島にはイノシシは居なかったのですがね……。まるで昔話のような世界もあります。

食べるものもたくさんありました。美味しい清水が湧き出る泉の畔や小川などには、いろいろな生き物が集まってくるところです。それも人間は容赦なく破壊していったのです。

ぬた場も何カ所かあったのです。泥を浴びることは、あまり好きではありませんでしたが、背中が無性に痒くなると、しかたなく泥浴びをします。水場は谷筋の川まで下ります。子どもづれですから、歩きやすい獣道を通ります。獣道は待ち伏せされる恐れがありますし、水場やぬた場はもっとも危険な所と子どもたちには小さいときから教え込みます。なぜなら猟師は、昔からここで山の神に祈ると、獲物にありつけると信じていますし、実際彼らにとって極めて効率的な猟になります。でも水場には行かないわけには行かないので、最高の警戒をしながら近づきます。わたしたちは、本当は昼間に行動するのが習いなので、すが、環境に順応して次第に、夜になってから行くことになったのは、人間は夜が苦手だからです。イノシシの古老から聞いた話ですが、昔はオオカミが居ましたから、夜でも襲われる危険がありましたので水場に近づくのは命がけだったのです。

よく人間はイノシシに襲われたと騒いでいますが、大方は人間の方に原因があるンです。中には不心得者もいますが、わたしたちは何もしない人には決して脅したり、襲ったりしませんよ。

それはわたしたちがとても臆病だからです。食べ物さえあれば争ったりしません。

でも、雄のイノシシはわたしを求めて眼の前で決闘するのを見ました。この子たちのお父さんは強かったです。わたしは一目で好きになりました。

それから子どもや年寄りや女の人など弱い人を襲うともいわれていますが、そういう怪しからない輩もいるかもしれませんが、野生動物は人間のように弱い者いじめが好きではありません。それはわかってくださいね。

それからわたしたちが村里によく下りるようになったのは、森が狭まり、食べ物が少なくなったからです。森からはみ出した弱いイノシシは町へ食べ物を探しに行くしかなかったのです。仲間が町の生ゴミを漁ると、町を闊歩するずうずうしいイノシシとよく言われますが、町の領域はもともとは我々の縄張りだったのです。生ゴミの管理はちゃんとしてくださいね。

わたしたちはとても神経質で怖がりですから本当は、できるだけ人間と関わりを持ちたくないンです。

他にもあるンです。それは猟犬も含めて昔、町にはもっと犬がたくさんいました。それこそ野犬化して群れでわたしたちを襲うのです。かつては家の中で犬を飼うなんて考えられないことだったのです。

それに犬の遠吠えはわたしたちが畏敬した「大神《オオカミ》」の声に似ているのです。

ですから、わたしは母から決して町に近づいてはいけない、と言われていました。また電牧柵や、箱罠などの罠ですが、今ではもう時代遅れです。電牧柵は一度経験すると、あとはあまり怖くありません。あのビリッとした感触はきらいですが、慣れたら平気です。

それから罠ですが、あれは止めてほしいです。もちろん猟も止めてほしいですが特に……。箱罠や囲み罠はある程度学習して分かっているので近づきませんが、くくり罠は残酷です。もし、子どもたちがうっかりかかったら、と獣道に仕掛けられた罠の傍を通るとき、いつもおもいます。特に水場やぬた場の近くは危険が一杯です。わたしがいうのもおかしいのですが、卑怯な騙し討ち的な罠は人間との共生のために、廃絶を強く訴えます。

餌付けはわたしも反対です。子どもたちから恐れや用心など警戒心を奪うからです。それに安易に食べ物が得られたら、楽に流れるのは人間もイノシシも同じです。わたしは楽に食べ物が得られるときは、警戒するよう教えています。箱罠や囲み罠への誘導は、餌付けが前提ですから……。それと、人から食物を奪うことはとても危険なことで、どんなにひもじくてもしてはならないことと言い聞かせています。それはわたしたちの絶滅に繋がるからです。人間の残酷さは仲間同士の殺し合いをみれば、分かります。大量殺戮はお手のものなンです。

でも、わたしたちはどこかの国と違って、天に誓って専守防衛なンです。もう一度いいます。争い事は好みません。

互いに折り合いを見つけ、ともに共生をめざしたいですね。それと、言っときますが、わたしたちの肉はあまり美味しくありませんよ。同じ雑食ですが人間ほど……。

昨日、気温が上がったせいか、どうにも身体が痒くてぬた場に行きました。その近くには、わたしたちが目印にしている巨大な山桜があります。その周りは一面、花びらが敷き詰められ、地面が見えないくらいでした。花びらの上に花びらが降り積もって薄紅色の小さな波が私たちを迎えてくれました。子どもたちは喜んでぬた場でするように、ごろごろ寝転がってとても楽しそうでした。

わたしはこんな穏やかに過ぎゆく時間が好きです。人間と不幸な遭遇をしない、こんなところがほしいンです。サンクチュアリとまでは言いませんが、せめて互いに犯さない、そんな世界があってもいいなあ、とおもっているのです。昔はオオカミが差配する世界だった、と祖母からも聞いたことがあります。でも、彼らは人間のようにわたしたち、野生動物が絶滅するほど狩はしなかったそうです。

桜吹雪の頃の語

芝生壊滅事件もあったが、それもどうにか修復できた。芝生右手隅にある山桜が満開を過ぎた。この桜は当初の薄紅色が次第に白くなっていく。玲奈はおもう。桜は人心を吸い取るようにおもえる。今年は例年より五日から一週間、開花が早い。

花見の予定が狂い、人々はオロオロしている。今年の春は桜の一人勝ちだった。野生動物たちは早く山が静かになって喜んでいるかもしれない。

スキンヘッド山田から裏山の森林改造の予算が付いたと連絡があった。この森の、「人と野生動物共生ゾーン里山造成計画」は、山田にも伝えてある。玲奈たち市民側も実行部隊を立ち上げる準備が進んでいる。

玲奈は桜の真っ盛り三月の終わりに、芝生の周りに祐介と一緒にイノシシが好物のハーブ「フェンネル」を垣根のように隙間なく植えた。イノシシはフェンネルが大好きだ。セリ科ウイキョウ属のハーブだ、全草がリキュール酒の「アブサン」の香りがする。玲奈はなぜかその匂いが好きだった。酔っぱらった気分になれる。イノシシもきっとその匂いを気に入っているのだろう。

侵入防止柵というより、どちらかというと誘引柵だ。誘って食べさせてその都度、修復する。勢い余って芝生に入っても昨年のような大被害は起こらないだろう。

もうそこは互いに乗り入れのできるフェンネル柵で作られた食べられる幻の境界だった。しきりに花吹雪が芝生に落花を敷いて遠くに海が見える桟敷を作っていた。

赤を鎧う

これは危うい愛の物語ではない。

クリスマス・イブの晩に、半年前から予約していた晩餐《ディナー》を、ともにしたまでは良かった。しかし、広也《ひろや》は自分が経営する建築事務所の機関誌に四枚程度のエッセイを明朝までに書き上げねばならない、と気が急いていた。

「何、考えているの？　今日のためにどんなおもいで、このドレスを仕立てたか、ずっと楽しみにしていたのに……」

突然、もう十年も付き合っている愚痴の聞き合い仲間、優海《ゆうみ》が席を立った。いつもなら、そう怒るなよ、と言えば収まるはずだった。

「何よ。あたしたちの十年、何だったの？　もう若くないの」

優海の黒目がちな大きな目が三角に見える。優海は五十五歳、広也は十歳下だった。しかし、優海は艶やかな肌やしなやかな黒髪から、どうみても四十代に見える。年齢差なんてもったこともなかった。

ドレスって？　ただの黒一色じゃないか、変わり映えしないよ、いつも黒ばっかり着ていると、カラスみたいになるよ、と広也は不埒なことを考えている。

彼女は怒ると、目の端が赤くなるが、普段はすぐ消える。ところが、今日はなかなか消えない。

彼は優海にも思っていることの半分ぐらいしかはっきりとものが言えないから、マンションの玄関に近い植え込みの湿った場所でよく見かけるダンゴ虫みたいに、頭に手をあがって背中を丸めて嵐が過ぎるのを待つしかない。

いつもの優海なら、そろそろ機嫌を直してくれるのに……。

広也は内心おどおどしていた。彼はちょっとしたことで、心臓が激しく動悸を打ち、どうしようもなく狼狽《うろた》えてしまうことがあった。それはいつも母の帰りを祖母とふたりで待つ子どものころからであったが、大人になるにつれてどうにか平静を装うことができるようにはなっていた。しかし、おもうことの半分も言えなかった。ただ、ただ、虚勢を張ってしまう。

優海とは、売れない画家が主宰している絵画教室で知り合った。

教室は駅前にあった。戦前からそこに存在し、戦火もくぐってきたようなくすんだ壁面と、外から見ると各階の窓に廃墟のような闇が詰まったビルだった。

教室は灰色の鉄骨構造が剥き出しのスケルトンだけの部屋で、ときどきヌードモデルを描くデッサンの時間もあったから、モデルがポーズをとる、タイルカーペットが敷かれた低い舞台まがいの台もあった。隅に流しがあり、その横のやや高めの台に画家の筆や絵の具などが散乱している。それとカンバスに布がかけられたイーゼルが一つ。ほかに何もない部屋だったけれど、画家のアトリエとしても使われていたから、海の見える南側の窓だけは採光を考えてか、精一杯広く穿たれていて、カーテンやブラインドで調光できるようになっていた。

広也は教室の日は早めに来て誰もいない教室の窓から、午後の日射しに光る海を見るのが好きだった。金色と銀色と黒色の光と影が織りなす木の葉のような煌めきを飽きもせず眺めていた。

広也がここに通いはじめたきっかけは、仕事で客に設計意図を説明するパースをもっとうまく描きたいとおもったからだった。優海はボタニカルアートのように花や実を描くのが好きだったし、仕事の洋装デザインの感性も鍛えたい、からと言った。そんなの絵じゃない、と広也は内心おもっていたが、彼女を傷付けはしないか、と引っ込み思案の性格から無難を決め込んで黙っていた。

あとでよく話をするようになってから聞いた話だが、優海は優海でパースなんて絵でない、とおもっていたらしい。それも当たっている。パースの絵は説明しているから……、死んでいる。

ふと、野坂昭如の『火垂るの墓』が原作の、絵本の一場面が、画像となって浮かんだ。空襲で六甲山の麓まで焼け野原となった神戸。猛火のあとの夕焼けのような色彩に黒煙にけむる石屋川の畔にくすんだ御影公会堂がぽつんと焼け残っている。三両連結の阪神国道電車も燃え尽きて立ち往生していた。画面全体が炎色というか、昼間のはずなのにくすんで見えた。

でも、その絵は嘘。現実とは違う。公会堂の東隣に今もある、迷彩を施された電話局（今でいうＮＴＴ）のビルは焼け残ったという。絵本は空襲の激しさとその被害の甚大さを訴えるためにそのビルを絵から省いた。そう、そのビルがあったら、六甲山の麓まで焼き尽くされたイメージは薄められてしまう。現実とは違うかもしれないが、あの炎の中で夥しい命が燃え尽きたのだ。その事実の凄惨さを絵本作家は原作から読み取って表現したかったのだろう。

広也は花びらや葉の形を正確に描くのは、絵画ではないとおもっている。何処かを省いてほしい。省略された瞬間に絵に命が吹き込まれる隙間ができて、見る人の心が入り込める。そして絵は額縁の大きさをはみ出して限りなくその世界は広がっていくだろう。

優海は飽きもせず花びら一つひとつを、葉一枚いちまいを丁寧に描いた。それは優海の性格かもしれない。

広也の考え方とは違うけれど、その執念のようにただ見たままを正確に描こうとする優海のひたむきさに、少し怖さを感じながらも惹かれた。どうせ広也も大人の姿をしているが、恐がりの駄目人間なのだから、とおもった。

優海と知り合ったころは、広也には子どもはいなかったが妻がいた。しかし六年前、男を作って出ていったが、正式に離婚していない。

ある日突然、マンションに帰ると、妻のものがすべてなくなっていた。原因はきっと広也が悪いのだ。何事にもすぐに判断できない。おもっていることをはっきり言えない。それに若いときに独立してやってきた個人経営の建築事務所の仕事環境なんて劣悪だった。ほとんど事務所に寝泊まりして仕事をこなさない限りやっていけないのだ。眠る時間と今まで培ってきた感性を削り続けるしかない。構想を練り上げていくために、何枚の紙を丸め、何本の鉛筆を削っただろうか？

広也は妻をほったらかして仕事に励んだ。一つの仕事が完結して、目の前にものができると、心は弾んだ。

妻のことを忘れてはいなかったが、忘れたつもりでいた。無責任だが今、どこにいるのかも知らない。

「あなたが設計したところへ行きたいわ」

優海はそう言って、おもったことをなかなか言えない広也の思いを察してうまく誘ってくれる。それが癒しになった。

ふたりで広也が設計した場所を訪ね歩いた。

また、幼いとき、祖母は母が仕事で遅くなったときなど、広也の寂しさを紛らわすつもりだったのか、仏壇の引き出しから経のような蛇腹折りの図説歴史事典を取り出して広也に見せてくれた。擦り切れ古びた布製本で、祖父の本らしかったが、そこには鮮やかな色彩の鎧が載っていた。祖母は、『平家物語』の源平合戦の話を寝物語にしてくれた。

特に源平時代の赤糸縅《あかいとおどし》の大鎧《おおよろい》を観ると、広也の心は妙に興奮した。

そのせいか、彼は中学校時代から夏休みの社会科の課題で手作り鎧を発表したり、『日本甲冑図鑑』など資料を収集したりするほど、古い鎧を展示している城跡や神社を独り訪ね歩くのを好んだ。

優海が好きな万葉植物の神苑と、広也の好きな国宝竹虎雀飾《たけとらすずめかざり》赤糸縅大鎧が展示された宝物殿のある、奈良春日大社をふたりで訪れた回数は数え切れない。制作年代を無視した後世の修理があまり入れられていないところを、広也は気に入っていた。実際は修理のときに鹿革で裏打ちして補強してあるらしいが、縅糸が経年劣化で切れている。でも、時を経た赤糸がほつれたままの風情がいい。そして中学時代から興味があった鎧のことで頭がいっぱいになり、他のことは浮かばない空白のぼんやりとした時間は、広也にとってかけがえのない刻《とき》であった。他にも彼が鎧に興味を持ったきっかけがふと、浮かぶ。

小学校から帰っても母は仕事。祖母が買い物などに出かけていて居なかったら、広也は独りだった。

庭の土の上をダンゴ虫が五匹、隣家との境の塀際めざして移動中だった。指先で先頭の奴をチョンと突く。逆らいもしないで甲殻に覆われた小さな球になった。その唐突さがおもしろい。広也の攻撃に次々と青鈍色《あおにびいろ》の球が増えた。

指先で弾くと、ころころ転がる。広也に、好き勝手され放しだった。嵐が過ぎるまで甲殻の中でじっとしているつもりらしい。逆らって潰されるより安全で、きっとその方が楽だ、とダンゴ虫の思いを推測しながらも、冗談じゃない、命がけだからね、というダンゴ虫の声を彼は聞いたような気がしていた。

「ダンゴ虫、おれの家来になれ」と呟く。実のところ広也はダンゴ虫が怖かったのだが、おもっていることが言えた。その丸く固まった様子を不安におののく自分と重ねる。広也もこのダンゴ虫のようになりたいとおもったことが何回もあった。小学校では毎日のように、隣家の餓鬼大将祥太《しょうた》にずうっと家来扱いされていたからだ。

だから、何回もダンゴ虫になって、頭も手足も鎧のような甲羅の中に収め、黙って時間が過ぎることをどんなに広也は望んだことか。独り寂しさに堪えて甲羅の中に閉じこもりたいことが広也の周りには多すぎたのだ。

優海は母親がやっていた洋装店を引き継ぎ、男ものの羽織の裏地の水墨画のように、見えないところに昔ながらの一つひとつ気を遣う丁寧な仕事をしていた。

広也も基礎や耐震壁など見えないところに本気を入れる仕事をしている。今、巷で起こっている基礎杭の手抜きなんてもってのほかだ。杭打ち検査のデータを既存データで間に合わすことは往々にしてあるが、杭が支持地盤に届いたかを確認することは、技術屋として最低限の義務なのだ。いや最低限の良心だ。いやもしかしたら、広也の場合は、人にあれこれ言われるのが怖いのかもしれない。平気を装うことが下手で顔色が変わり、気が小さいから平然としていられない。きっとオドオドしてしまうに違いない。その危険は避けたい。またその恐怖から人が信じられない、任せておけない狭い心が広也のなかに居座り続けることが多かった。

杭は支持地盤に届けば、杭打ち速度が落ち、計器《ゲージ》が限界を知らせる。いくら打ち込もうとしても入らなくなるからすぐ分かるのだ。設計時に行う基礎調査結果のボーリングデータと照合しながら、現場でしっかり立ち会って杭の仕舞いを確かめる。広也はそうしないと、不安が不安を呼び、夢のなかで建物は限りなく傾きはじめるのだ。

そこで夢から覚めたら、もう朝までどんなに努力しても眼が冴えて眠れなかった。落ち着かないのだ。気の弱い臆病な性格は不器用で手抜きができない。手を抜いたりしたら、広也は限りなく錯乱してしまいそうだった。

そしてもっと怖いことを広也は知っていた。それは彼が人の意見に靡きやすい性格だ、ということだ。頑固さを装い、ときとして頑迷に見える広也は、副監督から、採算優先で杭の長さをけちる案が出たら、最後まで撥ねつける自信がなかった。本当は検査データの流用も良心を咎め続けていて胸が痛い。でもなかなか毅然とした態度で部下に言えなかった。ちゃんと現場は施工している、と人に任せることなく自分の目で確かめ、自分の気持ちをなだめ、言い聞かせた。

せめて最後のささやかな矜恃を護りたかった。

設計に使って短くなった鉛筆——そのちびた鉛筆を集めて、机の二段目、三段目を満たしているのも、なぜか、すべて捨てることが怖いのだった。捨てると、呪われる気がする。幼い日に祖母から物を大切に使え、と厳しく仕込まれた。彼は物を捨てるとき、何かあとで役に立つのではないか、と罪を犯しているような心境になった。ちびた鉛筆がテレビで見た速射砲のようにひっきりなしに飛んでくるみたいにおもえた。それで、ちびた鉛筆が捨てられないのだ。これも広也のささやかなこだわりだった。

優海にも細かいディテールにこだわるところがある。

ふたりにとって手抜きという言葉は禁句だった。その共通項が優海の仕上げたオーダーメードの婦人服に広也は共感を覚える。もちろん顧客の注文をよく聞き、了解を得た上だが……それはデザインから縫製まで心が込められていて、作品と呼んでいい。たとえば、あの花の絵を描くときと同じように、襟裏のステッチなどはまるで刺繍をするように念を入れる。

「洋装は周期的な流行があるの。でもね、お客様の個性を引き出せなければだめね」

だから流行は関係ない、と優海は言った。古代の衣服のような貫頭衣のようなものが体型を隠してかえって鮮やかにその人を際立たせることもあるらしい。

優海はよく単調なステッチ作業に疲れると、店の窓から見える歩道にでんと残された楠のみどりを眺めるという。その楠はそこが歩道に整備される前、優海が子どものころからそこにあった、いわば先住民だと。誰の仕業か知らないが、いつの間にか注連縄がはられ伐採を免れた。赤い鳥居つきの小さな祠さえ置かれていて供物も上げられている。

歩道は根の周りを迂回し、車道側に丸く膨らんでいる。樹冠は、道路と木造二階建ての優海の住居兼店を雲のように覆っていた。冬は日が当たらないから寒く、梅雨のころは鬱陶しいと感じることもあるらしいが、夏は涼しく快適だそうだ。

広也も何回か店を訪れたことがあるが、やさしい光が部屋に射し込み、楠の懐にいるような穏やかな気持ちになれた。

優海にも夫がいた。子どもができないまま二十五年も一緒に暮らしているというが、その背後にとてつもない悲しみを抱いているのかもしれない。広也は聞き出せないでいる。

「今日と明日、夫は家に居ないわ。店にいらっしゃいよ」

と初めて優海の仕事場に招かれた日だった。広也は正直いって、優海の夫が外出中に、彼女の仕事場を兼ねた住まいを訪れることに抵抗があった。それに、コキュの夫と鉢合わせしたら、どうしよう、と恐れた。広也は開き直りなんてできない。

「でもなあ……」と躊躇すると、

「家を見てほしいわけではないの。仕事場を見てほしいだけよ」

彼女は見透かすように言った。

だから、その日、広也が後ろ手に店の、少しゆがみのある古い厚ぼったいガラスのはまった、ダークブラウンの重厚な木製扉を閉めたとき、ふたりはキスもせず、しばらくじっと抱き合っただけで堪えた。それだけでも、広也の身体を心地良さが、ずっと流れ続ける。

身体を互いに剥がして裁ち台の前に立ったとき、

「部屋も生活も別よ、あたし、赤ちゃんができないの」

と目打ちに力を込め、分厚い一枚板の裁ち台に突き立てた。広也は洋裁道具を大事にしている優海の業の深さに自分の胸を突き刺されたようにおもえた。

夫とはただともに同じ屋根の下に住んでいるだけとも言った。広也はまた余計なことを言いそうだったので、黙ったままでいた。

窓から楠に浄化された光が射し込んでいる。

知り合ったころ、ふたりは会う理由なんていらなかった。そしてときどき、狂ったように互いを求めた。前の日からずっと一緒にいたのに、優海の家に近い一駅前で最終に近い電車を降りて送って行ったときだった。

年の瀬が押し迫ったころの、寒い闇夜。電車は山と海の間のテラスを走り、その下は国道、そして海だ。遥か遠くに淡路島の灯がちらちらと瞬き、沖を通る船の灯が闇に赤い線を引いていく。波音は聞こえないが、潮の香が微かについてくる。

線路に沿って五メートルほど高いところを幅員四メートルぐらいの道に沿って山側に民家が並び、うっすらと闇に沈んでいる。寒さが足下から這い上がってくる。ふたりは肩を寄せ合い黙って歩いた。

ふたりの足音さえ、妙に凍てついて聞こえる。

突然、誰とも出会うことのない闇が詰まった横道に、優海が広也を誘い込んだ。

くるっと、フレアースカートの腰を九十度に曲げて民家の暗い塀に手をついて後ろ向きになった。

「どうしたの?」

広也は察していたが、訊いた。広也も優海の気持ちに刺激されて次第にはやる。

「身体のなかから気持ちが溢れているの」

次の瞬間、民家の窓に明かりが点った。

闇に白く見えた優海のうなじが灯に色褪せた。


つきあいはじめたころ、ふたりが会うのは三カ月に一遍のことも、毎日のことも、また時として間遠くなることもあった。やがて一カ月に一、二回会って互いの愚痴を聞くような形に収まっていった。月に二回会うときは、一回は互いの気持ちを確かめる情交を控え、ふたりで行ってみたいところを提案しあった。だから、ふたりとも好きな京都は行き尽くした感があったが、二十年ぶりの特別公開などがあると話し合うまでもなく、それが決め事のように出かける。特にふたりとも骨董市が好きで情報を仕入れると、これもすぐに飛んで行った。

優海は一枚千円の古い着物と帯を買ってそれを普段着のように着るのが好きだった。着付師の免状も持っていて着物が自分独りで着られない近所のおばさんや娘さんに重宝がられていた。ちょっと頼まれてくれる？　嫌な顔もせず手を貸しているらしい。広也にもとっくに逝ってしまった母が独りで着物を着るとき、男衆《おとこし》のように、もっとキツく、と言われるままに、母の帯を引っ張った嬉しさが甦る。あのときの長襦袢に着物を羽織る母は、広也だけのものだった。

そしてこのごろ、ふたりはただ、手をつなぐだけのことも多くなったようにおもう。歳ですもの、恥ずかしいわ、と優海は笑った。広也は納得できないでときどき、戯れに彼女の敏感なところを触ってみたりするけれど、さりげなく受け流されてしまう。

「もうすぐ、女でなくなるかもしれないわ」

優海はそんなことを言うことが多くなった。歳の差が十歳。何も変わっていないよ、と広也はなんともおもっていないが、優海には重くのしかかっているのかもしれなかった。聞かないし、言いもしないが、老いともちがう女の身体の変調も感じているのだろうか。広也は肩に回した手に力を入れるだけで、今のままでいいよ、という気持ちを伝えるすべを知らなかった。

何を言っても彼女は、針先で刺されたような痛みを感じるのではないかと、とても臆病な広也であった。しかし、これも広也の気の弱さからくる自分勝手なおもいであったかもしれない。常に自分を安全な側に置いておきたいだらしない卑怯な気持ち。老いやつきのめぐりなどについてそのまま触れないでおくことは、かえって優海にとっては残酷なこととも言えそうだった。

十年間、優海は日記をつけていて今夜は何回目の夜だ、とも言った。初めて泊まった夜は大雪だった。朝早く起き出して雪原に足跡を付けに行った。雪を被った樹樹《きぎ》の煌めきにふたりの未来は輝いているようにおもえた。

何百何十回と数えて、今夜は何回目なんて広也はおもいたくなかった。たくさん会った。それでいい。舞台もどこでもよかった。しかし優海にとっては輝かしい女が日一日と萎んでいくようにおもえているのかもしれない。広也には深みが増したような、女の妖しく見える仕草も彼女にとっては老いの兆しとおもっているのだろうか。

優海は場所も記録し、行った先のパンフレットや入場券などをクリアファイルに整理しているというが、決して誰にもわからないところに隠しているから安心して、いずれ十年経ったら処分するわ、とも言っていた。もしかしたら初めから、十年をふたりのつきあいのタイムリミット——悲しいことだけれど、十歳年上の女の限界とおもい込んでいただろうか。いや広也の思いやりが足らないせいだ、と偽善が顔を出す。これはみな彼の脆弱さが起因だ。
広也も優海もふたりのことは墓場まで密かに持っていくことにしている。このことで誰も悲しませたくなかった。ふたりは充分過ぎるぐらい周囲に注意を払った。携帯電話などからメールのやりとりは即刻削除した。電話の最中、互いに都合が悪くなれば、会話の途中でも容赦なく切った。手紙は決して出さない、ふたりの写真は決して撮らない、と取り決めていた。

時が経った。

広也は優海の愚痴を以前のように真剣に聞いていないと気づいた。聞き流している。

「ねえ、聞いてる？」

優海は絡めた腕を振りほどいて下から広也を見上げた。時がときめきを色褪せさせたのか。

邪険にされると、広也の心は簡単に傷つき折れる。内心は慌てふためいている。そのとき、別れの予感を感じたが、必死で振り払った。

節分が過ぎて少し経ったころだった。東福寺の冬の月を観よう、と広也は優海を誘った。

「十年が経ったわ」

優海は、あの突然怒り出したイヴの夜と同じことを言った。広也も早いもんだな、とおもったが、言葉にするのが怖かった。そのあとに続く言葉がふっと予想できたから。

月光が優海の黒髪を艶やかにうねらせる。月は中天から少し東にある。

「あきた?」

広也は、何に飽きた? と訊かれているのか、わからない振りをした。優海にまだ十分未練があった。しかし、自分も同じかもしれないし男の身勝手だが、優海はこのごろ、少しわがままになったような気がしている。

かつては京都の町を一日中歩いても、

「いくら歩いても疲れないわ。あしたの朝まで歩いていましょうよ」

なんて言って広也の心を暖かくさせた。

「あまり歩かないつもりでヒールの高い靴を履いてきたわ」

とこのごろは、広也が京都の町を歩くことが好きなことを知っているくせに逆なでするようなことを平気で言う。確かに優海は背が高く、足もすらっとしている。ハイヒールと自分で仕立てた黒のタイトスカートが似合う。でも広也は最初のころ、そんなにおしゃれしてどこへ行くつもりだい？　とからかった。ハイヒールを履くと優海はホンのわずか広也より大きく見えた。その複雑な気分が、男は女より身長が高くなければならない、と人には恥ずかしくて話せない、古いこだわりと小心が広也を縛っている。

優海はスニーカーに普段着のような格好で来るようになった。広也は、優海の撫で肩の流れるような曲線が感じられるTシャツ姿が好きだった。

優海は近ごろ電話の最中に突然、

「私の言ってること、聞いてくれてる？」

と激高することが多くなった。女の身体の変調のせいかもしれない。やさしく受け止めなければならないのに、広也は電話の向こうから聞こえてくる、言葉の弾丸にたじろいだ。そして自分の駄目さ加減を棚に上げて煩わしくおもうようになっている。

広也も荷物を持つのが嫌いな優海のために、「持とうか？」と声をかけることがいつの間にか少なくなり、億劫になっている。そう言ったとき、振り返る優海の横顔の笑みをあんなに気に入っていたくせに……。優海の前で他の人との遠い情事を話題にして、「最低ね」と言われても平気になっていた。

「今夜どうする？」

「帰るわ。だって寒いもの」

優海はそう言って広也のコートのポケットに手を突っ込んできた。広也はすでに芽生えはじめた、獣めいた気持ちを悟られまいと、潜り込んできた優海の手にそっと暖かい手を添える。

冷たさが広也の手から温かさを奪うころ合いを見計らったように優海はさり気なく手を引いて広也の手を外した。彼は全身で暖かくなりたいとおもっていたのにあてが外れる。それって？　ごめん、わたしも……でも今夜は……だめなの、と軽いいなしであろうか。

寒月を観る誘いは、広也にとって経営する建築設計事務所の決算の目途もついてほっとした時期でもあった。優海は春の装いがどうだとか、夫が家にいるからとか言って気が進まないニュアンスの声が電話の向こうから聞こえてきたが、月は待ってくれないよ、と広也には珍しく無理強いをした。

秋の紅葉、初夏の桔梗など季節毎に訪れた東福寺の山門は、月光に逆らう闇になお一層黒々と浮かび上がっている。冬の月光は空気と互いの心を凍らせる力があるのか、ふたりの足音さえ、ひたひたと乾いた音を立てた。

東福寺からバス通りへの道は、甍が光る小さな黒い門が続く静謐な塔頭の街を過ぎてやがて、両側に仕舞屋《しもたや》が軒を連ねる。

まだバス道までだいぶ遠い。

月光は森森と降り注いでいる。光が跳ねる道は濡れて見えた。ふたりは言葉を失って、凍え乾きはじめている。優海は広也の手から温かさを奪い、広也の心を凍てつかせた。

「しばらく会わないでみる？」

ついに広也が予期していたことを、優海が口にした。わたしから絶対言い出さないわ、別れるなんて、つきあいはじめたころからよく言っていたのに……。

十年目で言った。ダンゴ虫のように鎧えない広也は、優海を失う恐怖に心がバリバリと凍てついてゆくのが分かった。

光る道を黒猫が横切った。本当は黒猫であったかはわからない。月光がそう広也におもわせた。広也は立ち止まって猫のあとを目で追う。猫は道を渡りきると、ふたりの様子を窺うように振り返り、光る目を向ける。

広也は優海に応えないでまたゆっくり歩き出した。

「ねえ、どうなの？　返事をしてよ」

優海の声が後から聞こえた。

「ああ……考えておくよ」

広也はちょっと邪魔くさそうに言った。そのとき一瞬、もうどうでもいいとおもった。いつものあとで後悔する投げやりで脆弱な思いが心の薄い膜を剥がしたが、すぐに修復したくなる。自分はどこかに逃げ出してまたダンゴ虫のように嫌事が去るのを待とうとする卑怯さが頭をもたげている。優海の表情は月の逆光に翳って分からない。広也が優海に寄り添うと、彼女はすっと、間を取った。

細い道の交差点を右に曲がると、小型ダンプや工事車両が止まり、多くの黒い影が月光を背後から浴びて動き回っている。風船を膨らましたような工事用照明バルーン投光器の強い光が眩しい。

「ここは通行止めです。まっすぐ行ってください。次の路地で曲がってください。少し遠回りですが、お願いいたします」

赤い点滅の誘導棒を持ったガードマンが寄ってきて告げた。ふたりの行き先も聞かないで遠回りだ、なんてわかるもんか。

が、別れの時間が延びると広也はおもった。それは彼にとって歓迎したい気持ちだった。出来れば時間を止めたい。優海に機嫌を直してほしい、とおもう。

いつもならあと少しだ。ここでも広也は相手の気持ちの変化に頼ろうとしていた。

防寒服で着ぶくれしたガードマンの、ヘルメットの下の顔は、意外と若かった。学生アルバイトかもしれない。

「バス道にはこっちが近いの。急いでいるの。あそこをちょっと注意して抜ければいいんでしょ？　通してくださらない？」

優海は広也を責める、例の電話の口調で点滅を繰り返すコーンとコーンを仕切ったバーと民家の間の隙間を指さして言った。

「いや、危険ですから……、監督さんはオーケーせんですよ」

そう言って、ガードマンは月光に縁取られた道路の黒い穴を覗いて何かを言っている男の方に顔を向けた。

「どうしたんです？」

広也は訊いてみる。

「この辺は古いガス管なんです。ときどき、車の重さでおれるんス。今夜中にやってしまわなきゃならんス」

小型のユンボがダンプに掘削した土を積んでいる。心なしか辺りにガスの臭いがする。

月は中天にかかっている。

「遠回りしよう」

広也は誰ともなく自分の今の気持ちを重ねて言った。その言葉と同時に、優海は月を仰いだ。白い顔がさらに青ざめ、唇をきりっと結んだのがはっきり見える。

広也は、いつもは相手の意向を聞かなければ何もできないのに優海の意思も聞かずに、交差点に向かって歩きはじめた。

「どうして？　もう少しで通れるところだったのに……」

とまた優海の声が追いかけてきた。

内心では酷く動揺しながらもかまわず歩いた。月光を受けた影法師が短くなりつつある。

「急がなくてもいいじゃないか。もうこれっきりかもしれないのだからさ」

広也は振り返り、優海に言った。

「電車がなくなるわ」

優海の声が顔の影から聞こえる。

「かまわないじゃないか。どこかに泊まればいいさ」

広也が言うと、優海が首を振った。揺れ動く黒い影を月光が冷たく縁取る。

遠くからダンプに土を積み終えた合図の警笛が聞こえた。

広也は仕方なく歩き出す。寒さがつま先から這い上ってきた。

広也と優海の影が横に並んだ。広也は優海のコートのポケットに手をさし込み、手をつなごうとしてさ迷った。

月は中天を過ぎる。


優海と連絡がとれなくなって二カ月が経った。

携帯電話も店用の加入電話さえも現在は使われていない、という断りが流れる。もちろんメールも同じだった。優海は店を畳んで何処かへ行ってしまったのだろうか。最悪のストリーが心をかすめる。

ストーカーにはなりたくなかったが、一回だけ優海の店近くの、彼女がよく行くというスーパーに行ってみた。

もし、そこで出会ってしまったらどうしよう、という危惧はあった。女々しいことも分かっている。すっぱり男らしく別れてやりたいという気持ちもあった。しかし自然解消のような別れはなお一層、優海との十年間を惜しくおもわせた。

心に何で？　という思いが強まる。自分に悪いところもあるのに、優海ばかりを責めてしまうのは、広也の心のなかが一番狭くなったときだ。広也の気持ちは日々、大らかに広々しているときと、何ごとにもこだわる狭隘なときがあった。広也も分かっているのだが、気持ちがここに落ち込むとなかなかもとの心にもどすには並大抵ではなかった。

優海のマンション近くのバス停に一時間ぐらい居た。その間に四、五人の女が、乗らないのですか？　言いたげに不審そうな目を広也に向けながら、バスに乗っていった。広也は優海と同じ年格好の女性がバス停に近づいて来ると、優海ではないか、と会いたいのに恐れた。ここで会ってしまえば、言いわけのできないストーカーじみた行為であることを広也は十分分かっているのに、止められない、どうしようもない自分の弱さに気づいていた。ここで会ってはならない。しかしここに居たい。これはすべて広也のどっちつかずの心の脆弱さが原因だ。

この気持ちを晴れ渡らせるためには、優海と行ったところに行くしかないと広也はおもった。四十五歳の今までだってこんな気持ちになったことは何回かある。いつも心の入り口を漆喰で塗り込め閉ざすように思い出の地を独り巡って忘れてきた。

広也の自宅のある神戸から京都までJRの新快速なら乗ってしまえば一時間ほどで行ける。おもったより近いのだ。

京都駅に着くと、ひたすら神泉苑をめざして歩いた。

優海と初めて京都を訪れたとき行ったところだ。彼女は怨霊とか、パワースポットが好きで、初めて行ったのが、平安京の神苑だった神泉苑だ。広也も何でも信じやすく、暗示にかかりやすいタイプだからその点、優海と気が合った。

優海との会話が甦る。

「この池は古代に、京都盆地が琵琶湖のように湖だったときのなごりなんだ。今も京都の町の下には巨大地下湖があるんだってさ」

「ここで東寺の空海と西寺の守敏《しゅびん》が雨乞いを競ったところでしょ?」

「ああ、御霊会《ごりょうえ》や祇園祭発祥地としても有名さ」

ふたりはしゃべりながら神泉苑の赤塗りの法成橋をご法通り恵方へ渡った。

広也はこのあとに起こった不思議さもおもい出した。神泉苑を出たあと、ふたりは道に迷い偶然、堀川御池に近い姉小路で御霊会の怨霊のひとり橘逸勢《たちばなのはやなり》の旧居跡に導かれ、一条戻橋《もどりばし》の晴明神社から近くの、同じく神泉苑御霊会の最大級の怨霊、崇徳《すとく》天皇を祀る白峰神社を参った。

「彼の母は西行も恋した平安のプレーガール待賢門院璋子《たいけんもんいんたまこ》。表向きの父は鳥羽天皇だが、実父は色好みの白河院とか……」

と、広也は言った。

「でも、わたしは待賢門院の生き方が好きよ。自由が許されないあの時代に奔放に生きたわ」

優海は目を輝かせる。広也は京都・花園、法金剛院で観た待賢門院の肖像画の憂いをたたえた現代風な顔をおもい浮かべる。心のままに生き、和歌が恋を取り持ち、教養の深さを推し量るすべであったあの時代なのに、待賢門院の歌が一首も残っていない謎、きっと奔放な歌集に、さしさわりを考えた堅物が、彼女の思いのすべてを抹殺してしまったのではないか。時代を超越し彼女の思いは、男と女の性愛がおおらかな時代であったにせよ、当時の都人たちに受け入れてもらえなかったのではないか。待賢門院は夫に細かい心配りを見せながらも、結婚後も夫にとって祖父に当る、養父白河院との情事を断ち切れないでいたようだ。彼女についての研究書には、彼女のつきのめぐりと白河院との逢瀬の関係まで出てくる。そして広也のなかに自分のことではないのに、やりきれなさが広がり、平安の世を現代のような感性で生きた彼女の心のうつろいを知りたいとおもった。

夕方、優海と祇園で食事をしたあと、腹ごなしに歩いた東山安井でこれも偶然、崇徳上皇の御廟にふたりは導かれたのだった。御廟は建て込んだ細路の闇の中にそこだけスポットライトを浴びたように浮かび出た。意図していないのに、ふたりはその日、立て続けに怨霊ゆかりの地に行き着いたのだった。

広也は優海との最初の思い出の地を歩くうちに、西陣あたりをさまよっていた。晴明神社から聚楽第の跡地に迷い込んだようだ。晴明神社辺りも怨霊の地だ。かつてこの地は陰《おん》陽《みょう》師《じ》安倍晴明の広大な屋敷跡で式神が暗躍。そして豊臣秀吉に切腹を命ぜられた千利休の屋敷跡でもあったのだ。広也は優海を怨んではいないが、今彼はまさに怨霊の地に立っている。

ふと広也は二軒続きの京町屋の前にいた。

そこは鎧工房「鎧廼舎《よろいのや》」だった。

平格子に懸けられていた上賀茂神社の着初め式の腹巻鎧を着けた女人の清雅な姿に惹かれた。ご自由にお入りください、という案内書きに誘導されて町屋の玄関を潜るとそこは三和土。少し薄暗い壁には源平絵巻に出てくる、大鎧の絢爛たる飾大袖が何種類か展示されていた。藤縅《ふじおどし》などと説明書きもある。

ここはいわゆる通り庭。暖簾と引き戸で仕切られているが、奥にはきっと愛宕《おたぎ》神社の「火廼要慎」が貼られた西壁に添っておくどさんもあるのだろう。

神戸の生田神社で観た「源平合戦絵巻」がまだ暗がりに慣れない広也の目の前に思い浮かぶ。漆黒の海と金色の雲がたなびく画面に蠢《うごめ》く源平武者たち。清雅な大鎧の若武者と腹巻き姿の従者の顔々がおぼろげに現れる。

広也の中で何かが弾けるような音がして、意識は次第に金色の雲と漆黒の闇の中に紛れ込んでいった。

広也は草いきれの中にいた。遠くに草の海に浮かぶように、かつて通学した小学校が見える。その草むらに茣蓙を敷いて、広也は大の字に寝た。原っぱの真ん中、草の穂に囲まれた丸い空には、入道雲がもくもく見える。

暑い。

ダンゴ虫が彼に折りしだかれた草陰をそっと通っていく。

小学校時代の広也は顔が大きいわりに背が低くちんちくりんで太っていたので、いつも隣家の同級生で餓鬼大将の祥太やその仲間から、「でぶ、でぶ、百貫でぶ」とよくからかわれた。学校から帰る途中待ち伏せにあい、小突かれたり、「父なし子」と蔑みの言葉を浴びせられた。広也は気弱く言われるままに、彼らのランドセルを五つも担がされて、原っぱの小径を後ろからヨタヨタと歩いた。

広也の心のなかをいつも悲しいひび割れが走り、癒えることはなかった。

広也は中学校の夏休みの課題として手作り鎧を九月の新学期に提出するつもりだった。

母は仕事でいない。女学校と洋裁学校を出ただけの母。仕事は伯父が経営する闇屋あがりの物資横流し屋みたいな店の掃除から事務までなんでもやっている。

中学校の裏手の竹藪で三本ほど太い孟宗竹をもらった。竹林は中学校の所有で先生に教材用の許可をもらえば、手に入った。

「鎧を作りたいんです」

広也は無精髭が疎らに生えた担任に告げた。

「ほお、どんなんのを作るつもりだ？」

「本物みたいに着れるやつです」

広也は胸を張った。

「そうか……、いいだろう。気をつけて切れよ」

担任はザラザラな髭を触りながら笑った。

竹林で三本、できる限りまっすぐな竹を伐りだした。笹葉を斧で払い、竹林に返した。先生方が家庭科の教材として使う筍を採るために籾殻を敷いたところは踏み荒らさないように注意した。

長さを物干し竿ぐらいに切り揃える。

竹の香りがする。

少年向け漫画雑誌『冒険王』の付録にあった「鎧」の作り方を参考にした。家の竹割りで幅三センチ、長さ三十センチの短冊を三十本ほど作る。竹割りは初めに三十センチの長さに切ってから使った方がうまくいくよ、と担任から聞いていた。黒塗りの鋳物でできた竹割りを竹の小口に添え、上から金槌で叩くと、八つの短冊が出来る。切り口がささくれ立っているから気をつけないと、手に棘が刺さる。

注意してもときどき刺さる棘はとても痛い。小さい竹の棘は縫い針の先でほじくり出す。血がにじむ。痛さが広也の心のなかをかき乱し、情けないとおもうが涙が出る。沁みるヨーチンと幼児のとき母から教わった、ちちんぷいぷい、痛いの、いたいの、飛んでけ、で紛らす。

戦死した軍医の父が遺したものは棕櫚の紐がついた林檎箱のような薬箱と象牙の聴診器と野戦用の手術道具一式に、一振りの軍刀だけだった。あとは父方の伯父が乗り込んできて一切合切持ち帰ったという。薬箱には、ぎっしりと褐色のガラス瓶に入ったヨードチンキが詰まっていた。だから我が家は、傷はなんでもヨーチンを塗って済まされてしまった。

竹短冊をナイフで少しずつ削り紙やすりを懸け磨き上げれば、できあがり。ナイフは学校で使っている鉛筆削り用の肥後守だ。特に節のところは入念にヤスリをかける。

短冊を床に並べてつなぎ合わせる穴を開ける。今なら電動ドリルで簡単に、しかもきれいに開くが、昭和三十年代にはドリルなんてないから、鉛筆で印をつけたところを一本いっぽん、錐で穴を開けた。穴の位置はどうしても少しずれた。

再び短冊をきっちりと並べて、漫画「赤胴鈴之助」を真似て近くに住んでいた母方の伯父からもらった赤ペンキを塗ると、赤胴になった。

次は母に頼んで「都染め」で荷造り用の麻紐を赤く染め、竹短冊を×印に繋ぎ、母の古い帯締めを肩上代わりの紐として代用にした。繋ぎ合わされた竹短冊の小端《こば》は履き古したジーパンを包帯みたいに細く切り、バイアスのように縁取りし、接着剤でとめた。

作っている間、広也はすべてを忘れることができた。スペインの闘牛士のムレータ（赤い布）に突かかる牛みたいに、赤胴で鎧うと、何事にも立ち向かえる気になり、妙な興奮を覚えた。一心不乱とはこういうことをいうのかともおもった。集中し、頭は空っぽになって雑念が消える。まるで鎧を作ることは、自分の気持ちを作って行く途中のような気がした。

この調子で勉強したら、もっと成績が上がったかもしれない。

腰回りを護るエプロンのような草摺《くさずり》だけは、剣道の大垂れをまねて、母に古鞄をほどいたカンバス生地で作ってもらった。

「こんなの着て外を歩かないでね。かあさん、恥ずかしいわ」

母はそう言いながらもミシンを踏んだ。

中学の社会の教科書に載っている古墳から出土した短甲鎧のような代物が出来上がった。中学校指定の白いトレーパンと白い半袖の体操服の上に、剣道の竹胴のような手作りの赤い鎧を着てみると、広也にピッタリだった。

何かよく理解できないが、身体が広也の意思に反して勝手に動き出そうとしている。いざとなれば、ダンゴ虫のように鎧を着たまま丸まっていればいい、という思いが身体の芯から何か火炎のような塊となって飛び出すみたいな感覚になっていた。ちょうど母にもらった小遣いを握りしめて観に行った映画『大魔神』のノシノシと歩く勇姿がおもい浮かび、俺は大魔神だ、と小さな声で唱えながら魔神になったつもりで家の窓から外を眺めた。

広也は母との約束を破って、そのまま近くの原っぱへ行った。

草むらの葉先が触れた腕が痒い。汗も身体中から噴き出している。それでもいつものおどおどした脆弱な気持ちがスッキリしてくる。勇気が身体の内側からと湧いてきた。

映画では、ここで主人公は悪漢の鎧武者たちから姫君を助け、ふたりは恋に落ちるという筋書きだったような気がするが、はっきり覚えていない。あのころ、中学生がひとりで映画を観に行ってよかったか、悪かったかも、まったく記憶にないが、母は仕事で忙しいから広也についてきてくれたはずもない。やはりこっそりとひとりで行ったようにおもえるのだ。中学生になって急に背丈が伸び、産毛のような髭も濃くなったから、高校生のような態度で映画館へ出入りしていたのかもしれない。記憶の底は淀んで何にも見えない。しかし、シチリア島の小さな村が舞台の映画に魅せられ、親の目を盗んで映画技師となり、やがて著名な映画監督になった、あの名画『ニュー・シネマ・パラダイス』のトト少年の輝く瞳が思い出される。

広也は映画館の暗い壁の穴からスクリーンに向けて投映される、埃が舞う光束を今も覚えている。天使が天界と地上を上がり降りする梯子といわれる薄明光線に似るその光は、広也の希望の光でもあった。

広也はその夢の中にいる。中学校での成績は真ん中ぐらい、好きな子もいたが、その子の前にいるだけで頭に血が上って何も言えなくなった。

「ぼ、ぼくは……」

心は動転。声はかすれどもり、顔は火照る。でも、不思議なことに手作りの赤い鎧を着ると、すべてのそういった現象が収まる気がする。ゆったりと前向きになれる。誰にも立ち向かえるような気持ちの高揚を感じる。大魔神も貴公子も演じることが出来ている。

早速、隣家の同級生で餓鬼大将の祥太には、鉛筆で書いた決闘状をおどおどと渡した。

「何だ？　これは？」

祥太は広也を睨んだ。心はそれだけでやや萎える。

「夕方、家の近くの原っぱの入り口で待ってる」

それだけ言うと、広也は駆けだした。

彼が手作り鎧を着て家に近い原っぱの入り口に立つと、赤く染まった草原の果てに一本欅と中学校が黒いシルエットとなって見えた。

広也の心のなかも夕焼けのように真っ赤だった。祥太に喧嘩で勝てるとおもっていなかったが、負ける気もしない。

定刻に祥太は仲間を引き連れてやって来た。

「独りで来い、と書いたはずだがの－」

広也は芝居がかって言った。すでに役になりきりはじめている。

「ああ、介添え役だ。今日の決闘の見届け役さ。文句あるんか」と祥太は大きな声で言った。

「いや、手を出さなければ結構」

「それにしても、その格好は？　気でも狂ったんか」

祥太は笑い。原っぱに彼の仲間の笑い声も湧いた。

原っぱで啼いていた虫の声が止んでいる。広也も無言で相撲の立ち会いのように構えた。今日は不思議と怖くない。

漫画で知ったセオリーどおり、夕日を背に立つ。心で、俺は大魔神だ、大魔神だ、大魔神だ、と三回唱えると、負ける気がしなくなった。しかし、そうおもえる時間には限りがあった。いくら鎧を着込んでいても油断して緊張が切れると、魔法がとけるように普段の広也に戻ってしまうのだ。広也は心から真剣さが逃げ出さないように唇を固く結んだ。

祥太がいきなり突っ込んできた。広也はテレビで覚えた相撲の目くらましをすると、祥太はびっくりして一瞬、たじろいだが、さすが餓鬼大将、体勢を立て直して組んできた。何回も投げ飛ばされそうになる。鎧が邪魔して力が入りにくい。踏ん張って堪えた。

「おーい、やめんかー」

遠くから担任の声が聞こえる。介添役の誰かが通報したのかもしれない。

「やめんかー」

声が近づきつつある。祥太が力を抜いた。広也も組み手を離して踏みしだかれた草むらに座り込んだ。

夏休みが残り少なくなったある日、広也はまた、母との約束を破って赤い手作り鎧を着て学校へ行った。

夏休みの校庭は部活の生徒たちが日陰で休んでいた。広也はこれも手作りの栗の樹の木刀を差し、鎧を着たままトラックを一周した。汗が全身から吹き出したが、かまわず走る。恥ずかしい気持ちは少しもなかった。心がどんどん浄化されていくのを感じている。校庭の大樹の下から笑い声が立った。もしかしたら、ロボットのようにぎこちなく走っていたのかもしれない。右、左、手と足を交互に出さなければならないのに、右手と右足、左手と左足が同時に出て自分でも内心戸惑っていた。でも心は大魔神になった気だから、軽快にそれでいて重厚に走っているつもりだった。確かに開放された心とは裏腹に身体を締め付けるような窮屈さも感じるが、次第に馴染んできた。広也はひたすら走る。トラックを何周しただろうか?

息は不思議と上がっていない。耳の奥に級友の笑い声が聞こえる。

やがて、辺りが暗くなり、風が広也のなかを吹き抜ける。

雷鳴が轟いた。

気がつくと、広也は鎧廼舎の呼び鈴を押していた。

はーい、と澄んだ応答があった。小さな顔の気品のある女性が玄関間の引き戸を開けた。

「鎧の工房を見せてほしいのですが……」

広也は女性の背後の玄関間に飾られた鎧の展示に圧倒されていた。子どもから大人まで、さまざまな形と色彩の鎧が並んでいた。その中でも一際、赤糸縅が目を引く。

「どうぞ、おあがりなっておみやす」

工房は奥に長い。玄関間の次の間で師らしき男の人が黒漆を塗っている。広也は会釈を交わして内部をそっと窺うように見る。

女性は、夫婦でこの工房をやっている、と告げた。ふたりは室町時代から続く有名な鎧師明珍《みょうちん》家宗家第二十五代当主宗恭《むねゆき》師の弟子だという。口髭が似合う長身でほっそりとした男先生を紹介してくれた。自己紹介はしなかったが、同じく彼女が女先生だ。

漆の匂いが充満している。広也は漆の香りが好きだった。

工房は玄関間が展示室、次の間と坪庭に面した奥の間が製作室のようであった。

庭に面した三尺幅の縁側には二枚胴の漆が黒光りして乾燥を待っている。奥の間の御簾《みす》はやや巻き上げられていた。御簾垣と砥草《とくさ》の列植に囲まれた白沙の坪庭に一本の紅枝垂れが満開だった。微風に散る花びらはゆらりと揺蕩《たゆた》い、白沙を薄紅色に染める。

ふと、奥の間に展示された源平期の大鎧が、若武者が綺羅のごとく居並び、花を愛でているようにおもえた。

「谷崎はんが愛した紅枝垂れどす。うち、法然院はんの檀家なんで……先生の墓所がありますやろ」と女先生は言葉を切り、

「ここは特殊な紙を主な材料にしていますが、鎧の伝統を守って、技法は手を抜かないことに心がけています。それが明珍先生の教えどす」

と続けた。

声が気のせいか法然院の浄土声明《じょうどしょうみょう》のように聞こえる。

広也は何事もぐらぐらと結論を先送りする自分の性格を恐れた。しかし、彼はそんな自縛から解き放されたかった。

広也は何か熱中できるきっかけがほしかったのだ。身内から熱ぽいほとばしるものが……。

そんなとき、桜が満開からいよいよ散り初《そ》めるときに鎧工房に立っている。

唐突に広也は、薄暗い部屋の向こうに、探していたものが光となり、煌めいて彼のなかに点《とも》ったような気がした。

枝垂れ桜が葉桜になり、ともすると、暑く感じる日が多くなった五月、広也はこの鎧工房に入塾した。

鎧の需要が増した戦国期の二枚胴の標準コースからはじめる。鎧作りの基本的な仕組みや伝統を学ぶ基礎の習得に重きを置いたコースだった。

京都の紅葉が今年はあまり良くないと噂されはじめたころ、ようやく標準鎧は出来上がった。鎧作りの基本も十分ではないが、おぼろげに理解できたとおもう。現代の工夫はあるものの、技法はすべて古式を重んじている。

「標準コースからはじめれば、すべての基礎が学べて、美しい鎧ができますわ」

女先生の声が耳に残る。

窓から海が見える、独りっきりのマンションの部屋に北山杉の間伐材製の鎧懸けを据えて飾る。

「まだこれから三領ほど作るつもりなんだ。やはり最終的には源平時代の大鎧を作りたいなあ」

広也は事務所で夢を呟いた。

「怖くないですか？」

長年、経理はじめ事務所の庶務を担当してくれている五十歳過ぎの女事務員が言った。そして、「わたしだったら嫌ですわ」とふっと笑い、すぐに笑いを消して眉間に皺を寄せた。

「家には誰もいないし、赤糸縅を見ているだけで元気が出てくるよ」

「そんなもんですか」

「嫁さんは出て行ったし、鎧を飾る所ぐらいあるさ」

部屋にはベッドとテレビと冷蔵庫のほかはテーブルさえない。家具を置かず、備え付けのクローゼットだけで済ませているマンションの寒々とした自宅を思い浮かべて、広也は言った。かつて優海と暮らすシーンを思い浮かべたこともあったが、

「今のままがいいの。もし、あたしがあなたの食事を作るようになったら、もう後戻りも、ふたりのことを隠せなくなりそうで怖いの」

と夫のいる彼女は、広也の目を見ないで言った。いつもまっすぐ何かを見つめるように話す優海はそこにいなかった。目をずっと伏せている。

もし今、優海に鎧のことを話したら、

「そんなもん、邪魔！　寝るところがなくなるわ」

と言ったとおもう。これは出て行った妻もおそらく同じことを言っただろう。

「鎧を着せて葬ってあげるわ」

そんなことまで言い出したかもしれない。そして広也は妻の大きな尻あたりに目を向けて言い返す。

「あんたが巨大になりすぎてるからな」

本当はそんなことを、これっぽっちも思えない気の弱い性格なのだが、広也は精神的に追い込まれたとき、放った言葉が時として思いも寄らないタイミングで相手を傷つけることが多かった。優海もときどき目の端を真っ赤にしてそっぽを向く。広也は理解できないで細い目を限界まで大きく開き、気持ちはいつもオロオロしていた。

「わたし、余計なものを持って歩くのは嫌いなの、知ってるでしょ？」と優海はさらに、

「あなたみたいに……地下鉄に閉じ込められたときなど、起きるかもしれないすべてを想

定して、懐中電灯に、ラジオや非常食などを詰めた鞄をいつも持ち歩くなんて嫌よ」と続けた。

「ああ、でもハンドバッグ以外に、トートバッグ一つぐらい持ったっていいだろう。いつもロッカーばかり探してるじゃないか。そんな太い腕して……、嫌なら言えよ。持ってやるからさ」

太い腕して……やるからさ……が、引っかかったのか、優海は嫌悪の表情を浮かべ、目の端がほんのり赤くなった。広也特有の嫌みであることは彼も分かっていた。本当のところ、広也は優海の華奢な白い腕を気に入っていた。太いなんて少しもおもっていない。大人げないが、言ってしまった言葉は消えない。しかし、逆らっても優海に口げんかでは到底かなわない。このあと、機関銃のように言葉が飛び出してくることを覚悟する。また気持ち的に、ダンゴ虫のように頭を抱えて彼女の言葉の弾丸が尽きるまで堪えなければならない。

「あなただって、しょうもないちびた鉛筆集めてさ。薪にでもするつもり？」

「あれは俺が仕事した証なんだ。鉛筆がちびるまでいろいろ思い巡らした証拠さ。何が悪い？」

「なんにも役に立たないがらくたじゃないの」

「役に立たないからいいのさ。今どき、鉛筆だから価値があるのさ」

「くだらないわ」

優海はいつもしばらく言いつのると、微笑んで止めてくれた。あのときの笑顔をおもい出そうとしても、深い靄の向こうにあってどうしようもなくもどかしい。

しかし、連絡が途絶えた今、それも懐かしい。広也はきっと腐りかけた秋刀魚のような目をしているであろう、と自分に嫌気がさしていた。

建築設計事務所の仕事は、広也独りでやっていけるものではなかった。今、手がけているのは、小さな町に町おこしのハーブ園を造る仕事だった。中心になるのは、小さな丘の上の展望台を兼ねたハーブ資料館だが、全体計画と景観設計は造園屋が、電気、水道、下水、冷暖房など設備は設備屋が、建物は建築屋が、防災工事は土木屋が受け持っていた。広也たちは一つの仕事を単独でこなすことは無理な時代に入っていた。専門家集団を組織してそれぞれの専門を活かし、共同で仕事を進めなければ、タイトなコストで目的を達成できない。ハーブ園の内部展示用に、イギリスから取り壊される田舎屋を丸ごと輸入して、煙に燻された梁や家具、食器や鍋、煤で汚れたケトルに至るまでハーブ資料館に展示するには、ディスプレイ屋の技術と知識もいる。気心の知れた町の小さな専門家事務所が仕事に応じてアメーバのように時には大きく、時には小さく、ジョイントを組んで仕事をこなしていた。

広也は優海のことや独りの寂しさを紛らすために仕事に没頭した。疲れ果ててマンションに帰ったときは、シャワーを浴びたあと、深夜の部屋で、相撲の行司衣装のような紺地の鎧直垂《よろいひたたれ》を着て、テレビの横に飾ってある、赤糸縅の鎧を着る。

兜を被り忍《しの》びの緒《お》を結び、姿見の鏡の前に立つと、赤糸縅の赤のせいか、身内から熱が吹き出してくるような気がした。勇気が湧いてくる。優海のことも大らかにおもえる。赤色を見ると、闘牛の牛ではあるまいし、とおもうが、溢れる前向きな心を抑えきれない。最近、聞いた話だが、牛はモノクロでしかものが見えないらしい。闘牛は、実のところ赤色に興奮した観客すなわち人間の様子に興奮しているのだという。

広也の心に満ちてくる興奮は、何もない寂しい寒々とした独りっきり部屋を暖かく感じさせるのだ。

タンブラーに生ビールを注ぐと、その泡が次第に盛り上がり溢れはじめるように、思いが満ちてくると、部屋の中を駆け回りたくなった。

初めは小さな声で雄叫びを上げてみる。すべてを忘れ、少し身体が窮屈だが、身体全体の血潮が吹き出しそうになる。広也の中に中学時代に造った竹の赤胴鎧を着て、大魔神になったつもりで祥太との決闘や校庭を走ったときの記憶が鮮やかに甦ってきた。あのときより、鮮明に心が煮え立っているのが意識できる。

もっと大きな声を出して叫んでみたい。海が見えることと防音に気をつけて選んだマンションだったが、これ以上大きな声を出したら、苦情が管理人のところへ行きそうだ。

遠くで救急車のピーポーピーポーという音がずっと継続して聞こえる。

気がつくと、さっきシャワーを浴びた、まだいくらか湯気の籠もった浴室に兜を被ったままの顔を差し込んで雄叫びを思いっきり上げていた。勝ち鬨《どき》のように拳を握り突き上げる。

今、広也の心のなかは躊躇や逡巡やこだわりや停滞といった負の思いはまったく払拭されて爽やかだった。

さっきまでの泥濘《ぬかるみ》に足を取られたような感覚は、なくなっていた。

その晩は鎧を着たまま野戦の草原で眠る気持ちで寝る。近ごろ、少し不眠症気味だったのに、すぐにどんよりとした眠りが来たようで、あとは覚えていない。

赤い鎧を着たまま　走る
恐怖が怨霊のごと　追ってくる
ときおり、のぞく　不安と孤独
何処かの　山の頂を　めざして
火の道を　よじ登る

鎧の重さが　肩に　食い込む
心は未だ　経験がないほど
解き放されている
大魔神の強い心
ほとばしり　滾る

山の頂に立って　恐怖は薄れた
後ろを見ないで　駆け下りるだけだ

後ろに　赤いだれかが　いる気配
せっつかれる
瞑目して　下りりゃいいか

あちこちから声が　聞こえる
でも　何を言っているのか
分からない
わあー　わあー
鬨の声を　上げている

鎧の堅苦しさのせいか夜明けに目覚めたような気がした。寝汗が鎧直垂の襦袢の襟をぐっしょりと濡らしている。

窓を開ける。東の空は朝焼けで異様に真っ赤だった。それが黒雲と混じりあってさらに赤色の度合いを増している。広也の心にも赤色の渦が入り込んできた。

今日は雨になるのだろうか。ベランダに出ておもいっきり深呼吸をした。

鎧の草摺がコトコトと鳴った。鎧の下の生身の身体の節々が、油の切れたミシンのように悲鳴を挙げている。今なぜ、優海に関わるミシンがおもい浮かぶのか、優海もふたりが離《か》れたことを後悔しているとストーカーに似た自分勝手な、自分だけが都合のいい甘味で、毒々しい思い込みに浸る。

それは一瞬だった。

鎧った広也の心は沸騰し血は身体中を猛烈なスピードで駆け巡っている。

今、自分の後ろ姿は寂しい感じだろうか。見えないから分からない。独りだから見てくれる人もいない。しかし、広也は渦巻く寂しさのなかにいるのに、独りではない、とおもっていた。平安の大鎧も、鎌倉、室町の腹巻きも背中は華美な紐飾りに華やぐ。背後の恐怖を鎮める効用があるのだろうか？

このところずっと仕事に追われ、家のカレンダーを見ることがなかった。広也は何にも書き込みのないカレンダーをなにげなく見た。ゆがんで見える日にちと曜日、今日が何日、何曜日なのか、認知症テストのような思い。

そして、今日が日曜日であることに気づいた。

久しぶりに仕事を忘れて、鎧を着たまま車で何処か遠くへ行きたい。

五年前、優海と行った草原の野焼きのシーンが突然フラッシュバックする。

その日は草原の風向きを考えた結果か、火は頂上近くの尾根筋から放たれた。火炎はゆるやかな斜面を下り、浅い谷を越え、背後に燃え尽きた黒い草原と黒煙を従えて次の尾根筋へと登っていく。やがて尾根まで到達した焔は、尾根筋に沿って一筋の火炎の帯となって止まった。それ以上、燃え広がらない。躊躇しているようだ。

よく見ると、こちらの尾根筋に向かい合う尾根筋から放たれたほかの焔が、煎茶、焦げ茶、薄柿、萱草《かんぞう》色など様ざまな色彩が混じり合った、ゆるやかな傾斜の草原をこの尾根筋をめざして燃え広がりつつあった。

「あれが向い火だよ。こちらの尾根筋まで燃えるように火を誘っている」

広也は言いながら優海を見る。煙たいのか、少し眼が細く潤んでいる。

「不思議ね。前に燃えやすい枯れた草原があるのに、こちらの炎の帯は向こうの炎を待ってるわ」

優海は頭を傾げて言った。

「ああ、あの炎に囲まれているのは我々かもしれないね」

と、広也は優海の眼の中をのぞいた。

「あの炎は業火ということ?」

優海は振り返って広也の目を見つめて言った。

「ああ、すまない」

「謝られたら、困るわ。わたしたち、何も悪いことしていないわ」優海はきっと眼に力を入れ、「あの炎の囲みを突破する方法、知ってる?」と挑むように広也を見た。射すくめられたような気持ちになった彼は何も言えなかった。

煙い。

「あの炎に飛び込むのよ」

優海はややあって平然と言った。

広也は優海の目に宿る赤い炎を見た。


そうだ。あそこへ行こう。あの炎の草原で戦いのシーンをイメージしながら床几に一日中座って瞑想したいとおもった。

戦国時代の鎧武者が座る床几はネットで購入してあった。車に黒漆塗りの床几を積み込み、コートを肩に引っかけた鎧姿のまま兵庫県の高原の町に向かった。あそこは平家落人伝説のある集落もあるススキケ原が有名だ。大河ドラマ「平清盛」のロケ地にもなったところだ。ススキが海原のようにそよぐ広大な草原を密かに走り回ってみたいと、ほぼ狂気の沙汰とおもわれることを当たり前のように空想していた。

炊飯器を覗くと、飯が残っている。

広也は梅干しだけの握り飯を三つ作る。ぬるま湯で濡らした両手に塩を少々つけて握った。海苔を巻きラップに包み、ビニール袋に入れる。

ケトルの笛がなった。ドリップでコーヒーを立て、筒型の魔法瓶に注ぐ。この魔法瓶は優海がくれたものだった。

「小紋のような花柄デザインが好きなの」

耳元で優海のややかすれた、懐かしい声がリフレインしている。

寝汗まみれの身体をすっきりさせたくなった。鎧と直垂を脱ぐ。脱いだ途端、俺は何をしているのだろう、と広也の意識は夢から半分覚めた気分のなかで、夢と現実《うつつ》の狭間を行き来しているようだった。

浴室に入る。少し熱めのシャワーを浴びる。ほとばしる湯と立ちこめる湯気の中に立った。広也の身体は熱い湯を跳ね返す。足形を伝って、湯は床を流れ、浴室の隅のドレンに勢いよく吸い込まれていく。湯は広也の心身から強気な前向きな心を洗い流し、いつもの弱気で優柔不断な広也を剥き出しにした。湯の熱さは心の襞に滲み込んでくる。そして広也に恐怖と不安が戻ってきた。

すぐにまた、何やってんだ、という思いに駆られる。これが、引っ込み思案で気の弱い本来の自分なのであろう。広也は湯気の中でおぼろげにおもった。

そこには裸の自分しかいなかった。

その瞬間、明日まで完成しなければならないハーブ園の設備平面図が湯気のなかにおもい浮かぶ。

「あしたまでに頼むワ。それに水道、下水、電気、通信など設備関係の管路をぶち込むかんな」

設備屋の声が間近で聞こえる。

広也は頭を振って忘れようとした。

困るんだよ。早くしてくれ。何してるんだ。設備屋の声に少し怒気が紛れ込む。

温かい湯気に包まれているうちに、今まで鎧《よろ》うことで高揚していた心が荒ぶる思いをかなぐり捨てて、穏やかさに満ち溢れはじめる。

子どものように、手作り鎧を着てはしゃぎまわる自分が急に恥ずかしくなった。何を馬鹿げたことをしているのだろう、という反省に似た思いも顔をのぞかせる。湯気に満たされた浴室にわーんと反響して、鎧った心には感じなかった不安と寂しさが身体の節々に痛みとなって甦る。

全裸のまま湯を滴《したた》らせて浴室から出て、ベッドとテレビと冷蔵庫と鎧だけがそれぞれぽつんと置いてあるフロアに立った。鎧のところまで歩く。冷めた水滴が彼の後に従った。

じっと、鎧かけの赤糸縅の鎧をしばらく見つめる。

再び広也の心に不安が払拭され、見せかけの勇気が満ちはじめる。石油ストーブの灯油タンクのゲージの赤いフロートが給油につれて上がっていくように……。

優海と、このフロアでバスタオルを敷いただけで湯水が滴る互いを貪り、感極まってのけぞる彼女の白い胸とのどが、ふっと過《よ》ぎる。

鎧懸けの兜の奥は黒い空洞が詰まっていた。

少し開いたままのカーテンの隙間から見える磨りガラスの窓が、朝焼けに染まってさらに赤みを増したようだ。

再び窓を開ける。赤と黒の対比。黒雲の縁はすべて不気味に赤色に縁取られていたが、一条の薄明光線が遠く海の上に降りるのが見える。それが辛うじて広也の救いとなった。

広也は再び鎧をつけた。

身体の動きはぎこちなさを感じるが、心から不安や寂しさは剥がれ落ちる。

事務所が借りているビルの駐車場に車を取りに行った。車は山地の測量や荒れ地の建築予定地調査に便利なように四輪駆動の小型ジープだ。エンジンはブルッと身震いし、広也の気持ちのように一発でかかった。

日曜日の早朝、道路は空いていた。ウィークデーに多い大型トラックや冷凍パレット車もほとんど遭遇しなかった。尻ふるようにテールランプを瞬かせて乗用車が広也のジープを追い越していく。

阪神高速、神明道路、加古川バイパス、姫路ジャンクションから播但連絡有料道路へたどり着いたとき、ようやく朝はすっかり明けた。まだ東の空に朝焼けの名残が見える。神戸はこれから天気が悪くなるな、とおもった。

しかし、西方の空は晴れの予感が広がっている。赤糸縅の鎧に奮い立ち、こだわりをかなぐり捨てた広也の気持ちを反映するかのように、ジープのエンジン音が心地よく聞こえる。

神崎南ランプを降り、県道を行く。

大河ドラマのシーン。ススキケ原を清盛の父、忠盛と清盛が馬で行く。ふと、『平家物語』巻六「祇園女御《ぎおんにょうご》」に書かれた京都・八坂神社「忠盛灯籠」がおもい出された。あの待賢門院璋子の生涯を左右した白河院が、五月雨の降るなか、東山祇園の麓に住む、思い人祇園女御のところに御幸のとき、女御の宿所近くの御堂の傍らに光る鬼のようなものが出た。白河院は鎧着用のお供、北面の武士平忠盛に命じて討ち取らせようとしたが、忠盛は慌てず光を捕らえた。確かめるとそれは、八坂の社僧の着ていた蓑が燈明に光っていたものと判明したという物語だ。「忠盛灯籠」は、そのときゆかりの灯籠というが、疑わしい。建築屋の広也は、仲間の造園屋から聞いていた。灯籠には火袋があるが、本来灯火を点すものでない、と。灯籠は祖神降臨の依《よ》り代《しろ》の標《しるべ》、祖神は灯火がなくても見えるのだ。盆棚の灯は鬼灯《ほおずき》だが、それはそのことを如実に物語っている、と。

ようやくススキの高原に着いた。

ゆるやかなうねりの続く草原——ススキケ原は見ごろだった。広也は脱いだコートを車に置き兜を被り、床几を左手に持ち、草原に踏み入った。

出会った観光客は平家落人伝説のイベントだとおもったのか、あまり驚いていない様子だった。

「今晩、花火があるんだって」と背中で聞いた。

そういえば、さっき寄った観光案内所にポスターが貼ってあった。今夜見ごろのススキ祭を記念して、季節外れの尺玉の花火が上げられるらしい。その行事の係員が扮装して走り回っているとおもったのかもしれない。しかし、赤く萌える赤糸縅はやはり目立つ。すれ違った瞬間はやり過ごすが、すぐ振り返って、訝しげに今、見た光景を確かめようとする眼差しを感じた。

広也は銀の穂波が広がる草原をゆっくりと歩いていたが、またもや身内から湧き上がってくる不思議な心の高ぶりに、次第に歩く速度が増した。

速歩となり、やがて合戦のように駆けだしていた。鎧がギシギシと鳴っている。ワー、ワー、また鬨《とき》の声を聞いた。それは広也の悲鳴であったかもしれない。ススキ原の白い木道をそれ、銀波の中を潜る。

広也は潮が満ちるように、陽光に光るススキの波を越えて走った。

しばらく走ると、誰もいないススキケ原の、円形にススキが刈り取られた円陣みたいな広場に出た。風が強くなったが、気にならない。むしろ静寂の中にいるように感じている。草丈の低い草紅葉《くさもみじ》の広場の真ん中に、広也は床几を据えて座った。

今、広也の後ろ姿は寂しさを湛《たた》えていてもきっと美しいとおもった。いや、おもいたかった。

風がススキケ原を渡る。

広也は瞑想する。風とススキに同化した広也は、草の声が聞こえるような気がした。

広也はつっと、都会の雑踏がなつかしくなる。鎧を着ているから不安な気持ちはないが、静寂すぎる空気をちょっと波立たせたいとおもったからだろうか。静まり、すべての音を吸い取ってしまった水面に石を投げ入れるように、床几に座った広也は念を入れる。

ふいに騎馬武者隊の馬蹄の音が轟き聞こえる。

それにつれて、様ざまな音が聞こえはじめた。いつもぶれてばかりなのに、赤を鎧った心はぶれない。

広也のなかで優海への思いは固まる。取り返せない、後戻りできない、しかし、しっかりとした心を辛うじて維持できた十年だった。

ありがとう、そんな言葉が浮かんだ。それは優海に向かってだけではない。仕事にも、彼自身にも……。

また、風が穂波を靡かせて渡っていく。ずっとここに鎧って座っていたい。もう、鎧わなくても自分の心が揺るぎないものになるまで……。

風が渡るたびに、広也の心は浄化されていくのだから。未練もこだわりもすべてが消えていくような気持ちになった。

ススキケ原の円陣にぽつんと床几を置いて帰ろう。床几は広也の残骸。春には、この草原を焼き尽くす野焼きもある。そこで燃え尽きればいい。

赤を鎧う広也は大魔神になったつもりでススキケ原の奥へと分け入る。

草の海は果てしなく広がる。草丈が高くなり、折りしだいた痕跡もないススキの穂波が光る草原に出た。ここは聖域《サンクチュアリー》かもしれないとおもった。滄海を漂う気持ちで歩く。

辺りが暗くなりはじめている。

この草の海を乗り切ったところが出口であり、それは広也のこれからの入り口でもあった。

ふっと、夜空に冬の花火が上がった。
波間から雉子だろうか、鳥影が飛び立った。

ある和解

今年、弟浩二から年賀状が来なかった。

孝輔は元旦の朝、毎年少しずつ減っていく年賀状にちょっとした淋しさを感じる。黄泉の国へ旅立った友人の賀状がこないのは、訃報を聞いたときの悲しみをもう一度心に甦らせ冥福を祈るしかない。

また、この何年かの間こちらが出したのに、あちらから来なかったりして、ようやく折り合いがついて来なくなった年賀状は、ほっとした気持ちもあるけれど、心の片隅が冷える。

なかには、今年限りで年賀状のやりとりは辞める、とはっきり宣言したものもある。これはいさぎよく、その勇気を見習いたい気持ちもあるが、一方的でなぜか絶交を告げられたようで哀しい。大学を出てから再会したこともないのに毎年、今年こそ逢いましょう、と書くだけで続いている友人もいる。あいつ、まだ元気でやってる、それだけでほっとする。それに四十年余も会っていないから、彼には未だに艶やかな顔とふさふさの髪の青年のイメージしかない。

年賀状は静かにそして自然に途切れる方が余韻があって孝輔の心に馴染む。でも、米寿を過ぎた高齢の方からのこんな賀状は、ああ、面倒をおかけしてしまったと、神棚に上げて今までの厚情に感謝したくなる。そしてそんな賀状の次の年に家族の方から、寒中見舞いをいただいたりすると、年のせいか涙が止まらなくなる。

浩二から、梅が咲き始めた二月に入ってメールがきた。


年賀状ありがとうございました。

御無沙汰いたしております。元気でお過ごしのことと存じます。思うところがあって今年から兄貴あて年賀状は辞めました。

悪しからずご了承ください。

私もあと四年で七十歳、勧められて、身辺の整理等を含め自身を振り返っております。思い起こせば兄貴と兄弟として過ごした十四年は終戦から四年経った、貧しい母子家庭の中での時代だったと記憶しています。私の脳裏の中で当時のいろいろな思い出が錯綜しており、複雑な気持ちです。

兄貴と疎遠になって約半世紀の年月が過ぎ、「何故だろう」と考えたときに原因は私の少年期の振舞いや母の入院・死去・葬儀等での私の言動が兄貴の怒りに触れたと理解しています。

人間として肉体的にも頭脳的にも形成されていない少年期の私は、母とある出来ごとがあり、当時、母とは複雑な気持ちで接していたのは事実です。今、考えれば母は人間として、一人の女性として、母として大変素晴しい人であったと思うと同時に誇りに思っております。

弁解するつもりはありませんが、こうした私の心境を兄貴に伝えることで自分自身の気持ちの整理が出来るのではないかと思いますので、ご理解いただければ幸いです。今は反省と感謝で残りの人生を静かに過ごすことが出来ればと考えています。六十数年間の兄貴の存在に心から感謝申し上げます。

母田鶴は小柄だが、髪は黒く、色の白いうりざね顔で近所の人から美人だね、と言われていた。孝輔もそう思って誇りにしていた。母の仕事は建築設計事務所の下請けで、建築や土木や公園設計のトレースだったが、「目が痛いわ」と言いながらまだＰＣなどがない時代であったから、どうにか親子が食べていけるだけの収入はあった。

しかし、これは孝輔が高校生になったとき、母から聞いた話だが、終戦直後は、食べるものもなく、どうにか残っていた着物類もすべてサツマイモや米に変わってしまったわ、という。

橋梁設計技術者の父は工兵隊将校として出征したまま帰らず、南方での戦死公報が来た。母は年子の乳飲み子ふたりを自分の母に預けて、流行になり始めた洋裁学校に通い、洋裁、特にデザイン画とミシンの使い方を学んだ。

ちょうどそのころ朝鮮戦争が始まった。

母の兄が元南洋庁の役人で駐留米軍の物資調達の仕事をしていた関係で、母は米軍基地周辺工場での仕事を得た。

もうもうと埃が立つ工場には何百台かのアメリカ製ミシンが並び、多数の日本女性が昼夜兼行で落下傘を作り続けていたという。

「実戦で開かなかったら大変だから、検査は厳しかったわ」と母が遠くを見るような目つきをしたのを覚えている。そしてぽつりと言った。

「まさか敵の仕事をするとは、思わなかったわ。I島で玉砕した司令官の息子さんも一緒のところで事務の仕事をしてるの」と。

父がいない家庭で、母は父でもあった。母は孝輔の前で下着姿になって平気で着替える。嫌だったけれど、ついちらっと見てしまう。

「何を見ているの？」と母は孝輔に聞く。「あなたに噛まれた傷痕よ」と小さいが、形のいい乳房を見せてくれることもあった。小学生の孝輔は訳が分からず恥ずかしかった。今でもその白い乳房を思い出し、オレって変なのかな、と思う。

当時、密かに母に恋していたのだ。

小学生低学年のころは銭湯に母と一緒に行った。

「いやらしい子……」

湯槽の縁を跨ぐ母が笑った。

「今日はお休みよ。もう少し寝ていたらいいわ」

母は眠っている浩二の額に手をおいて言った。孝輔はこんなやさしい言葉をかけてもらったことがなかった。

弟が母を独占している。

孝輔は縁側の陽だまりに母を呼んだ。

彼は必死で母に膝枕をねだり、耳掃除を頼んだりした。頭に伝わってくる母の大腿の温もりと柔らかさは、母の匂いとともに今も覚えている。

「あなたはお父さんの代わり、甘えてばかりいないで、しっかりしなければね」

母は耳かきが終わると、容赦なく膝を外した。孝輔はすとんと、縁台の固さと冷たさとを感じる。

孝輔が中学二年になったとき、母は孝輔と浩二の英語の家庭教師だといって同僚の一級建築士の男を連れてきた。縁なしの眼鏡の奥の狐目と背広の下に着込んだベストが気に入らなかった。当時ベストはチョッキと呼んでいたが、右手でたばこを吸いながら左手をチョッキの小さなポケットに突っ込んでいるのが気障で無性に気に入らなかった。母は父の戦死を他人事のように話している。

母はなぜかとても嬉しそうだった。声音も高く、言葉遣いも態度も普段とは違っていたし、黒のタイトスカートの丈が少し短いように思えた。孝輔の心にはもやもやしたものが湧き上がってきて消えなかった。

「ちゃんとご挨拶なさい」

母が孝輔の目を見ながら言った。

孝輔はそっぽを向いておざなりに頭をさげる。

ようやく日が長くなった、と感ぜられたある日の夕方近く、学校から駆けて帰り縁側から母に声をかけようと、部屋を覗いたら母はその男の身体の下にいた。

孝輔は刹那に男の背中に火をつけてやりたいと思った。

我が家は高射砲陣地に近かったせいか、空襲を免れた安普請の将校官舎。庭にあった大きな欅の影が縁側に黒く延びていた。

気が付くと、孝輔は家の近くの高射砲陣地跡の原っぱを今、帰って来たばかりの学校に向かって走っていた。夕焼けの空にこれも黒い富士山が見えた。孝輔の、黒いもやもやで一杯の胸に、母の開いた白い大腿が浮かぶ。

息が苦しい。

それから、孝輔は男の来訪を玄関で必死に阻止するようになった。心に思いつくままそんな行動を取ったが、彼は心のなかで葛藤していた。孝輔の行動を母が喜んでいないことをかすかに知っていたからだ。でも……、母は僕のもの、そんな気持ちに勝てなかった。
その後ろめたい気持ちもあったせいか、母の相手にどんな言葉を投げかけたのか、何も覚えていない。

弟浩二も一緒になって玄関や縁側の鍵を閉めて回った記憶がおぼろげにあるだけだ。

今になって考えれば、父のいない母の淋しさは理解できるし、許せることかもしれないが、そのころの孝輔の心は煮えたぎっていた。それに母の相手が新興宗教に凝っていてしきりに母を勧誘していたことや、米国のＦＢＩの仕事に従事していると母に話していることもなぜか癪に障った。本当にＦＢＩなら、そんなこと吹聴しないだろう。

大人の男女がどんなことをするのか、終戦後のドサクサで満員列車のデッキから振り落とされて歩けなくなった隣の小父さんから、犬と同じや、と聞いて知っていた。孝輔は口臭がきつい歯を磨いていない小父さんの黄色い歯と、すすけた顔の意味深な薄笑いが、堪らなくいやになった。小父さんは若く美しい母の裸身を思い浮かべているのだろうか。母の身体を自分以外の男が自由にするのは、想像するだけでも堪えられないことであった。自分のものだけにしておきたかった。漫画に出てくる騎士になったような気分で母に男を会わせてはならないと思った。

だから、米国映画のアパッチ族に包囲された騎兵隊が、砦の逆杭の壁をよじ登ってくる敵を駆け回って撃破する気分で、浩二と狭い家中を戸締まりして回った。

そのとき、浩二とは母のことについて話をしなかった。互いに分かっているだろ？　と兄弟、このことについては話すべきことではないと思っていたふしがある。母の名誉のために……。もちろんふたりとも母を責めたりはしなかった。

母は孝輔たちに気づかれたと悟り、男と別れる決心をしたようであった。

ごめんね、と孝輔に絶縁の手紙を見せてくれた。母の草書体の字はほとんど読めなかったが、母の気持ちは伝わってきた。

そのとき、浩二が何かを叫びながらその手紙を引き裂いたような記憶の断片が残っている。あの手紙を破く音は、裂ける浩二の気持ちに重なる。孝輔も同じ気持ちだった。年子の浩二と、思うことはもうほとんど同じだ、とそのとき思った。

縁側から射し込む夕陽が、内側の明かり障子を真っ赤に染めていた。

弟の浩二とは年子のせいか、互いに背伸びして競い合っていた。学校の成績は孝輔の方がずっと上だったが、スポーツはまったくダメで、いつも徒競走一等の浩二に、

「兄貴は亀より遅いな」

と言われていた。

「うるさい。表に出ろ」

「やるか？　また泣くなよ」

浩二は薄笑いを浮かべて言った。この間殴られた顎の痛みがようやく癒えたところだ。痛さと悔しさが甦る。つい畳のへりに目を落としてしまった。

母は浩二の成績ばかり気にしていた。孝輔が通信簿を出しても、

「あとで見ておくわ。テーブルに置いといて」

浩二の通信簿は必死で見ていたのに、と思う。

それをなじったら、

「あなたは、お父さんに似て心配ないからよ。浩二はかなり悪いの。だから……」

と台所へ行ってしまった。

さっきまで白く輝いていた孝輔の通信簿が、急に色褪せた。

気が付くと、浩二の通信簿は父の仏壇に供えられている。自分はもらい子かと、月並みな思いが浮かんで哀しくなる。孝輔は浩二の通信簿の上に自分のを重ねて仏壇に置き、お

りんを一つ乱暴にならした。

浩二の方が両親のいいところばかり嗣いで細面の顔で、すらっとして背も高い。友だちから駐留軍流れの革ジャンを借りてきて、写真を撮り、合格しそうもない日活ニューフェースに応募したりしていた。孝輔は頭が異様に大きくずんぐりむっくりだった。顔中ニキビで気にしてつぶすものだから、よけいに月面クレーターがひどくなった。

中学三年ともなれば、母のことは胸の奥にしまって、密かに好きな女の子もいたけれど、隠れてただ遠くから胸をときめかしているだけだった。浩二はおかまいなしに女の子に声をかけまくっていた。孝輔はあつかましい浩二が疎ましかったし、できれば、弟でなければいいのに、と内心思うようになっていった。

正月に近い、家の隣の神社の鳥居の注連縄が町の役員の手で新しく掛け替えられた日、浩二は賽銭を他校の、ダチ、と呼び合う中学生と一緒に盗んで警察に補導された。そのころ、浩二は校内ではなく、どうも高校生を首領とする仲間に入っていたようだ。

「浩二を引き取りに行くの。付いて来てお願い。お父さんの代わりよ」

母は孝輔の目を見て言った。彼女の目の奥に炎を見たような気がした。孝輔がかつて見たことのない目の色だった。母の頬に血が上っている。

なぜ、オレも行かなきゃならないんだ。そのとき、そんな思いが孝輔のなかに湧いた。浩二が家にいるとき、母の手はいつも弟の身体のどこかに触れている。その光景がふっと像を結んで、なお一層ムラムラと、行きたくない、浩二の兄でいたくない、と思った。

この間、柔道部の友だちと、部室で高校受験の学校の話をしていて遅くなり真っ暗な原っぱを横切って帰った日があった。

我が家の灯に、ほっとした気持ちで、ただいま、と玄関を入ったとき、居間の四畳半にいた母と浩二が身繕いをするような気配を感じた。

「おかえり、すぐ夕飯にするわ」

母は髪に手をやりながら玄関との境の明かり障子を開けて言った。母の背後に見えた、四角い卓袱台の横に二枚並べられた座布団が気になった。

浩二が黙ったままタンスの上のラジオのスイッチを入れた。孝輔は天井から吊された白熱電球の光を暗く感じる。

このごろ、学校での弟浩二は教師にも反抗するし、弱い生徒を脅したりしていると、クラスの友人から聞いた。担任の教師にも、職員室に呼ばれて、

「おまえ、どうにかできないのか。大分荒れてるぞ」

と家でどうにかしろ、といわんばかりだった。

「さあ、僕には関係ありません」

「冷たい奴だなあ」

「あれ、家《うち》のもらい子なんで、僕とは関係ないんです」

と言うと、

「そうか。本気でそんなこと言ってるんか」

教師は、それ以上何もしゃべらなかった。それがかえって、おまえらしくないぞ、と言われているように思えた。

孝輔の身体から不良の浩二と一緒にされてたまるか、という思いが発散されているのではないか。自分には分からないけれど……。浩二とは別の存在、できれば血も繋がっていないことにしたかった。他人からみれば、そんなことありえない。家族だろ？　と言われるのはよく分かっていたが、自分だけを安全圏に隔離して涼しい顔をしていたかったのだ。

「ひとりで迎えに行けば……」

それでも孝輔は心のなかで、一緒に行ってもいい、という気持ちもあったのに、自分の心を整理できないでいた。いや、ぐちゃぐちゃのままでいたかったのかもしれない。オレは優等生、浩二は不良。そんなありきたりな図式でどうにか母の愛情を自分の方に向かせたかった。それしかないように思えたから、勉強に没頭していた。

だから、浩二と同類に見られるのが嫌だった。

母は哀しそうな目を孝輔に向けて、

「たったひとりの弟よ」

と目に涙をためた。

結局、母は独りで出かけたが、孝輔はしばらくしてそのあとを追い、署の入り口に立つ警察官の傍らで、母と浩二が出てくるのを待つ。

「中で待ったらいい。暖かいよ」

と防寒コートの腹のあたりがちょっと膨らんだ、中年の警官が長い警棒の石突きでトンと床を叩いて言った。少し歪んだ透明ガラスの向こうに黒光りしたカウンターが見えたが、母たちの姿はなかった。取調室にいるのだろうか。

とても寒い日で雪が降り始め、樹々やアスファルトがうっすらと白くなった。

家に帰り着くと、母は浩二の肩の雪を素手で払った。孝輔は自分で払うしかなかった。

母と浩二に、彼は一言も話しかけなかった。

すまないね、と母は言ったが、孝輔は自分には関係ない、どうでもいいことと思いたかった。しかし、心の底では母に、頼りになれないことを密かに恥じていた。そして、自分の心のなかに巣喰い、渦巻くどす黒い母への思いを断ち切れないでいることも胸を締め付けた。それは母と子が決して思ってはいけない、人には話せば、蔑まれる醜い気持ちでもあった。


何日かして浩二は家からいなくなった。

母は髪も梳《と》かず、すっぴんで、孝輔が差し出すマフラーをむしりとると、弟の行方を捜すため、出かけて行った。

孝輔は石油ストーブも点けないで、寒々とした部屋に閉じこもり、安物のマーガリンを塗った食パン六枚をひたすら食べた。それでも足らない。お櫃に残っていた一握りの冷や飯も漁った。たくわんを噛む口の音が妙に響く。

――母と浩二は何かあったのだろうか?

孝輔はふと思う。警察から帰って来たとき、母は浩二をしっかりと抱いて泣いていた。

「泣いたってはじまらないよ。すべて母さんがわるいんだ。オレには関係ないよ」

孝輔は言い放った。浩二の顔が歪んだ。母は浩二を抱きしめる腕に力を入れ、顔を伏せる。

――浩二、おまえは腐ってる。

そう思ったとき、しかしおまえも同じように異常だ、という声がどこからか聞こえてきた。

唐突に哀しみが孝輔を揺すった。

「オレには関係ないよ」

もう一度同じことを呟いてそんな思いを絶ち、涼しい顔を装う。

母は急ぎの仕事を片づけると毎日、浩二を捜して心当たりを訪ね歩いているようだった。

孝輔はそんな母を無視するように、志望高校の受験勉強に力を入れた。孝輔にとって今はそれしか、家の中に押し寄せ荒れ狂う波を押しとどめ、ともすると、落ち込む気持ちを奮い立たせるものはなかった。

隣の神社から節分会の豆まきの声が聞こえた。この神社は、福はうち、鬼はうち、と珍しいかけ声の豆まきだった。

――家《うち》も鬼の浩二を、鬼はうち、と迎えてやりたい。

ふと、そんな気持ちも浮かんだが、孝輔はその思いを打ち消すように、受験参考書に目を落とした。

夕方、母と孝輔が我が家の豆まきを準備しているとき、

「今のままでは浩二さんは卒業できません。出席日数が足らなくなります。もう限界です」

と中学校の浩二の担任が訪ねてきた。孝輔は浩二の担任を知っていた。孝輔の数学の先生でもあった。孝輔は明かり障子の隙間からそっと覗く。彼女は小さな顔に大きな黒縁のメガネをかけていた。小柄な身体の背筋をしっかり伸ばして立っている。

母は、ただ頭を下げるだけだったようだ。解決策もなく担任は帰っていった。

その晩遅く、まるで担任の訪問を知っていたかのように浩二は帰って来た。一人ではなかった。孝輔も知っている政美と一緒だった。彼女は孝輔たちの中学の卒業生で何人かの不良少女とつるんで街を徘徊しているのを目撃したことがあった。中学二年の浩二より四歳、孝輔より三歳上だ。彼の後に立って家の中の様子を窺うような目つきをしている。噂では、浩二が入っている仲間の女リーダーで、兄は町のヤクザだという。しかし、本当か

どうかは誰も知らないらしい。

母は女連れの浩二を当然、家には入れない、と孝輔は思った。

しかし、よく聞こえなかったけれど、浩二が二言三言しゃべると、あっさり家に上げた。

「お腹空いてない？」

母は浩二たちに聞いている。

立っている孝輔を見つけると、政美は軽く頭を下げたが、浩二は知らん顔だ。孝輔は無性に腹が立った。

「どこへ行ってたんだ。母さんは毎日、捜していたぞ」

孝輔はあくまでも物わかりのいい兄貴を装って訊いていたが、

「彼女に食わせてもらってた」

と浩二は応えた。

次の瞬間、張り詰め装っていた気持ちが弾けた。

孝輔は思いきり浩二の頬を張った。

「何をする？　オレはなにも悪いことはしてない」

「なにー、母さんがどれだけ心配していたか、わかってるんか」

孝輔は大声になった。母が台所から、

「静かにして、今日は我が家は、鬼もうち、なの。ゆっくり話したいから」

母はガスコンロに薬缶をかけながら孝輔の思いと同じことを言った。

浩二は孝輔の前なのに、政美の肩を抱いて、ときどきすばやく唇を互いに啄む。女兄弟もなく、女の接し方を知らない孝輔には、あいさつのように人前でキスを繰り返すふたりの気持ちが分からない。キスなんて、人に見せるものではないよな、と自問していた。

母は知らん顔をしている。中学生が、と思うかもしれないが、基地の周辺では、年齢を偽った女子中学生が男に春をひさぐ噂は孝輔もよく聞いた。彼らにとって、日常のことなのだ、と思うことにした。

そばで見ると、政美は濃い化粧をしているが、たらこ唇以外は、顔が小さく、目も鼻も整っている。どぎまぎする。孝輔も、帰れ、とは言えなかった。ふと、思った。

――どこか母の雰囲気に似ているなあ。

母は時どき、思いついたように政美に話しかけたが、政美は、はあ、ええ、としか応えなかったから、会話が続かなかった。

別に真剣に観ているわけでなく、ＴＶが流す声が浩二たちや母との場を取り持ち、どうにか一緒にいることができるのだ。人間の声と音楽が聞こえることで、その場に間《ま》みたいな空間と時間ができて、堅苦しい雰囲気を和らげてくれるからだった。

TV放送がブリザードになった。

孝輔はこのブリザードが好きだった。砂漠の砂嵐が吹き荒れる中にいるような感じがする。限りなく広い砂漠の真っただ中に独りいる、何ものにも邪魔されない時間だ。

当時は深夜放送などなかったから、日付が変わるころには放送は終わる。

しかし、途端に浩二と政美は落ち着かなくなった。政美は怖いと言って浩二に肩を寄せた。

「わたし、これ、きらい。もう寝ましょうよ」

母が言った。寝ると、いっても別に寝室があるわけではない。いつも母、孝輔、浩二が寝ていた、隣の六畳間に布団を敷くだけだった。

母は政美が泊まることは決まっていたかのように、一組しかない客布団を出した。浩二と政美に手伝わせて、新しいタオルで枕カバーし、敷布を引っ張り、掛け布団に糊のきいた薄紅色のカバーを手際よく掛けた。

母、孝輔、浩二、政美の順で川になった。孝輔はどうして母がそうしたのかあまり理解できなかった。政美、母、孝輔、浩二が常識的な敷き方ではないのか。

政美は母の浴衣を借りて隣の部屋で着替えて戻ってきた。化粧を落とした顔は未だ幼さが残っている。

浩二がパジャマに着替えたとき、二の腕に黒い図柄が見えた。その少し上には、皮膚が薄紫からどす黒く変色した、いくつかの不規則な痣が両腕にあった。仲間からリンチを受けているのかもしれない。

「それ。何んだ？」

孝輔は指さして訊いた。

「縁起がいい八咫烏《やたがらす》のタトゥーさ。いいやろう？」

なんということか、と思う孝輔に、浩二は平気な様子で応える。信じられないことだった。

ここは基地の町。非番の平服から二の腕や手の甲のタトゥーを見せびらかすように歩いている駐留米軍の兵士たちをよく見かけた。

「米国でもちゃんとした家庭の子はしないって聞いたわ」

と顔をしかめた母から聞いたことがあった。

「母さん、浩二が刺青をしてる」

と孝輔は叫んでいた。

浩二と政美が母の顔を一斉に見た。

母の顔が翳る。

「なんていうこと、戦争に負けたからって、哀しいわ。日本じゃ、刺青はまともな人はしないの」

母は涙声になっている。

「八咫烏は吉兆。家族愛や太陽神のお使いさ」

浩二は得意げに喋る。

「馬鹿げてるわ」と母は天井を仰いだ。

「これは、母さんも政美も好きだという意味なんだ」

浩二は母と孝輔の顔を等分に見ながら言った。

「あたしのせいよ。浩二のためにしてもらったの。ごめん」

政美が突然言いつのる。

「どういうこと？」

母と孝輔はほとんど同時に訊いていた。

「浩二はあたしたち仲間の下っ端。誰かがお腹を空かせれば、万引きを強要されるの。断るとリンチね。それを防ぐためよ」

政美の目に涙が溜まっている。

「わからないなあ」と孝輔はわざと言った。

「いや、オレがドジだから……、仕方ないんだ」

「そうじゃないの。このタトゥーは浩二の魔除け。八咫烏はあたしの印なの。仲間もあたしの手前、遠慮するわ」

そこで政美は一呼吸して、「みんなにボコボコにされ、腫れ上がった顔で町を彷徨うよりましよ。だから、兄の知り合いの刺青師に入れてもらったの。ごめん」と言葉を継いだ。

「それでも、これは一生消えない」

孝輔は唸った。

「いや、オレがしたかったんだ。政美の男になれば、下っ端じゃなくなる」そこで浩二はちょっと息を詰め、「それに母さんを忘れられるしな」と続け、どこか苦っぽい表情になった。

孝輔は浩二が何を言っているのか、分からなくなった。

——浩二の家出、中学生のくせに女を連れて帰る。しかも、母の前に……。基地の荒れ果てた町ではよくある話だけれど……。

孝輔は母の顔をそっと盗み見た。母は居間と寝間の間に呆然と立っている。少し暗いので、表情はよく分からないが、何か言いたそうでいて言い出せないでいる感じがした。

——母と浩二の間に、何かあったのか。

いつもの自問が滲むように浮かび上がる。そんなとき、未だ中途半端で浩二より幼かったといえる孝輔には、よく分からないことだらけだった。

ただ孝輔は自分が母から浩二を必死になって遠ざけようとしていることがおぼろげながら分かった。浩二はそんな孝輔の思いを察して家出をしたのかもしれなかった。

「そんなもん、彫って一生消えないぞ。家《うち》にはヤクザなんていない」

孝輔は父親が乗り移ったような声で言った。タトゥーは今こそ日本社会に、特に若者の間では少し馴染んだが、相変わらず完全な市民権を得たわけではない。しかし、精神や彫る自由さはあのころと比べると、何倍にも自由になった。

苦渋の思いが孝輔のなかで徐々に高まり、やがて怒りに変わっていった。

「学校、どうするの？」と母は浩二に訊いた。彼は返事をしない。再び孝輔のなかで怒りが沸きたぎる。

「中学校も出ないつもりか。母さんもオレも恥ずかしい」

「勉強できるものしか認めない。あんなとこ、どうでもいい」と浩二。

母は哀しい目をして言った。

「今夜はもう寝ましょう」

母の言葉にみんなもノロノロと布団に入った。

灯を消した闇の中で、孝輔は悶えるような気持ちになったが、政美を伴った浩二の帰宅で、心のなかの怒りが極限に達し、その葛藤に疲れていつの間にか眠ってしまった。


どこかで誰かの呻き声を聞いたような気がした。

当時の孝輔はまだ女を知らない。それが女の喘ぎだとはもちろん分からない。

寝ぼけ目をうっすらと開ける。浩二が寝ているはずの隣の布団に誰もいなかった。

母は眠っているのだろうか？　そっと闇を透かした。

慣れると、母の背中が見えた。ぐっすり眠っているようにも、ちょっと肩に力が入っているようにも思えた。しかし、時どき、肩が動く。わざと眠ったふりをしている。母はきっと目が覚めていると思った。

孝輔の怒りがまた突然、覚醒した。それは噴き上げるという風な感じだった。しかし灯を点けて、浩二と政美をなじる勇気もない。孝輔はどこかでいい格好したという甘さがあったように思える。

窓の隙間に未明の白さが未だ見えない。しかし、孝輔は再び眠ることができないまま、明け方までじっとしていた。母も隣で熟睡できずに心は乱れていたと思う。

孝輔はタトゥーも腹立たしいが、無神経な浩二たちが許せなかった。煮えたぎるような気持ちは、やがてうとうとした睡魔に薄められていった。

起床すると、母はすでに起き出して朝食を作っていた。

揃って、居間でご飯に味噌汁、のりに納豆、漬物に卵焼きを食べた。朝の挨拶は交わしたが、食事中は誰もしゃべらなかった。

食事のあと、母はすばやく浩二の肩に手をかけ耳に口を寄せて、

「あなた……、中学生よ。子どもが生まれたら、どうすんの?……」

と微かに呟くのが聞こえた。

浩二は口の中で何か言ったようだ。

母がついっと浩二から離れた。

孝輔は浩二が許せなかった。弟でなんかあるもんか。絶交だ、と心のなかで息巻いていた。


そのあと、浩二は政美の兄と関わり、ヤクザのチンピラになったようだが、上納金が納められないで逃げ回っていたと聞いた。母は営林署に勤める、母方の祐介叔父に頼んで、信州の山奥に匿ってもらっているよ、とそっと孝輔に話してくれた。

それからずっと、浩二には会っていない。だから、孝輔のなかで、浩二は中学生のときのままだった。


孝輔が大学に入ってすぐ、安心したように母は入院した。仕事が混んでいて少し疲れたと病院へ行った検査で末期癌だと診断された。現在だったら、まだ助かったかもしれないが、恥ずかしいことに癌という恐ろしい病気を知らなかった。

「告知されますか？」

中年の小太りで黒縁眼鏡をかけた担当医は、孝輔に訊いた。

母はどう思っているか分からなかった。毎日見舞いに行く。

「孝輔、よくなったら、あなたの大学へ連れってて」

いつもそう言って、楽しみよと笑う。どう告知したらいいのだ。母は孝輔が大学に合格したとき、初めて泣きながら抱きしめてくれた。そしてもう、いつ死んでもいいわ、と言ったのだ。そんな不吉なことを言っちゃダメだ、とたしなめたら、

「その前に浩二に会いたいわ」

と言い、ちょっと口角を曲げたので、冗談ぽく聞こえた。

孝輔も笑ってごまかした。浩二がすんなり来てくれるなら、告知して浩二から元気をもらってもいいかもしれない。しかし、もう何年も会っていないし、母の重篤な病を、血の繋がっていない叔母を説得して、浩二を引き取ってくれた祐介叔父を通じて伝えたけれど、未だに浩二は姿を見せなかった。母が内心、浩二に会うことを楽しみにしていることも時どきの母の口ぶりで分かっていた。

そんなときに、告知したら、母の寿命はあっという間に尽きてしまう。闘病の糧になってくれればいいが、逆になれば、と思うと堂々巡りに陥るのだ。

「やはりお知らせした方が女の方でもご自分の終《つい》を思われる刻《とき》がほしいものです」

結局、孝輔は担当医の告白の勧めに肯かなかった。

母の癌の原発は子宮癌らしい。そこからじわりと母を蝕んでいったのだ。

そのとき、不謹慎かもしれないが、孝輔と浩二が中学生のとき、連合して断念させた母の恋を思い出していた。心ゆくまで遂げさせてやればよかった。別に顔もよく覚えていない父に義理立てした抵抗ではなかった。自分たちから母を取り上げられる恐怖からだ。

母は日増しに衰えていった。内臓を吐き出しているのではないかと思われるチョコレート色の吐瀉を繰り返して痛がる。トレイに吐く母の凄惨な姿は堪えがたいものであった。背中や足をさすることはどうにかできたが、孝輔が下のものを処理しようとすると、そんな力がどこにあるのか、必死で患者ガウンを押さえ、

「それは看護婦さんにしてもらうわ」

とか細く小さな声で言い、看護婦呼び出しベルを押している。息子の世話は胸より上だけに限られた。食べ物は一切受け付けなくなっても、痩せ細って骨と皮だけの身体で頑なに拒み続けた。

輸血で見せかけの安息のひとときに、アイスクリームを食べる。

「美味しいわ。ありがとう」

目を細め遠く眺めたら、痩せ過ぎたせいか顎の骨が外れて、ああ、と目が白黒に裏返る。

看護婦呼び出しベルを押しても、もどかしさが残る。孝輔はナースステーションへ走る。

「母の顎が……」

情けないことに、孝輔は母の病状さえしっかり伝えられないのだ。

外来から整形外科の先生が駆けつけ、下顎に手を添えると、魔法のように母の顎は戻った。


その間、祐介叔父を通じて何回も連絡したのに、浩二は一回も病院に現れなかった。

どうしてだ、病院の湯沸かし室で、孝輔はコンクリートにクロスが貼られた壁を叩いた。

それでも彼は来なかった。心情がわからない。母が一番愛した浩二がなぜか来ないのだ。

祐介叔父に言わすと、

「母は兄貴に任せておけばいい。母もそれで満足さ」

と浩二は言っているらしい。なぜ、そこまで頑なになれるのか不思議でならなかった。

孝輔の怒りは膨張し続けていた。祐介叔父に浩二の居場所を訊いて引っ張って来ることも

考えたが、

「浩二との約束だから……」と祐介叔父は教えてくれなかった。

浩二の見舞いを懇願する手紙も書いた。

なぜ来ない？　きっと後悔する。母は浩二に会いたがっている。毎日、オレのいないところでオマエの名前を呼んでいるよ。頼むから来てくれ。オレやオマエのためでなく母のために来てくれ！

何の返事もなく日が過ぎ、医師は母の痛みを和らげるだけだった。孝輔は、しかるべき所に連絡するよう、担当医から覚悟を促された。

祐介叔父は、もう一度説得してみるよ、と席を外したが、すぐに肩を落として病室に戻ってきた。

「ちゃんと伝えてくれたのですか」

孝輔は分かっているのに眉間に皺を寄せた。

「しつこいぞ。ちゃんと連絡してる。俺を疑うんか？」

祐介叔父は苛立った。母は、浩二は？　と一言も訊かない。来ない浩二への憎しみが層になって孝輔の心に積もった。

痛みを和らげるモルヒネも効かないようだ。

意識も混濁し始めた。

枝垂れ桜が散るころ、母はひとしきり苦しんだあと、

「あなたは冷たいから、あたしの命日を忘れないようにね」

と孝輔の誕生日に逝った。

母の最後の言葉、あなたは冷たいから……、それは果たして孝輔に向けた言葉であったのか、また彼のなかで怒りが沸騰した。


浩二は通夜にも葬式にも来なかった。

最後の望みは火葬場だったが、それも虚しく過ぎた。煙突から立ち上る母の煙は折からの強風に吹き消え風が止んだとき、冷たい雨が土砂降りとなった。


五年経った。

孝輔は将来、公園・土木の設計事務所を設立したい、と思うようになっていた。大学を出て三年で初めに就職した大手建設会社を辞めて、小さな設計事務所に入り直した。設計事務所は自分の甲斐性と特色がなければ、すぐ潰れる。現実にこの三年の間にも誠意と特色のない事務所がいくつか倒産した。経営能力はこれからだが、孝輔には熱意と人脈があった。建設会社には三年しかいなかったけれど、計画、設計、施工と若い仲間が出来てい た。大手建設会社で培った人脈を通じて、建築、土木、造園、設備など技術集団とアメーバのようにタッグを組んで仕事が出来る自信ができつつあった。

そのころ、孝輔が一番頼りにしている祐介叔父から、浩二が八咫烏のタトゥーを焼き切って長距離輸送の大型トラックの運転手として運輸会社に就職し、あの政美と結婚したと聞いた。孝輔は浩二には知られたくなかったが、内心嬉しかった。

怒りはときとともに薄まっていくのは確かであったが、未だ許せるものではなかった。

また二年経った。気象庁が今日か明日か梅雨入り宣言をするだろうとTVが予想していた、ある午後だった。政美が孝輔を訪ねてきたのだ。

事務所は周りの二面の壁に天井まで蔵書があって設計資料を多く持っていた。客は玄関に置かれた無人のカウンターから電話をかけると、予約はもちろんだが、飛び込みでも時間があれば、外の応接室に導かれる。

「ひさしぶり。どうしたん？　浩二と結婚したとか、叔父から聞いたよ」

孝輔は自ら入れたインスタントコーヒーをソーサーなしでマグカップのように応接テーブルの上に置いた。

政美は少女っぽさが消え、化粧も控えめになっていた。孝輔の目には、その方が好ましく見えた。

「浩二、元気ですか？」

そんなことしか言うことを思いつかなかった。

「浩二、相変わらず女癖が悪いのです。子どももできないし、もう別れようと思っています」

政美はそう言ってコーヒーをすすった。孝輔には政美が訪ねてきた真意を計りかねていた。

浩二が連れ込んできて四人で寝た、苦い思い出のあのとき以来、政美との接点は何もない。

「あの幸運の八咫烏を焼き切るから……。入れるのも消すのも苦痛しかないのです。それで運がつきたのですわ」

「あなたのために彫り、あなたのために焼き切ったと聞いていますけど……」

「そうかしら？」政美はちょっと微笑んで続けた。「長距離トラックって、不規則だから胃がいかれるんです。そのうち、身体全体が壊れますわ。もっと健康な仕事はないでしょうか？」

「叔父に頼んでみます。あてにしないでほしいけれどね」

政美は口で別れを言いながら浩二の健康を気遣っている。孝輔には、女心の機微が理解できなかった。

——オレにはまだこんな人はいない。オレにはいつも母が右肩の上ぐらいにいるから、別に、淋しくはないけれどさ……。

むしろ独りでいる方が母恋いの時間を、誰にも邪魔されずに十分取れるからいいに決まっている、と思いたかった。

前の大手建設会社にも母の面影に似た女性がいたが、付き合ってみると、幻滅だけが残った。もっとも孝輔が女性に理想像を重ね、独り恋する、妄想を引きずった魅力のない男であったせいかもしれないのだ。

孝輔は思い込みで、自分勝手な女性像を創り上げ、母と比べて落胆し挫折を繰り返した。

後から祐介叔父に聞いた話だが、

「結局、浩二は政美と別れたよ。子どもがほしいといってね」

と伝わってきた。

三カ月後、浩二はよく定期便を届ける会社の事務員という山田徳子と結婚した。彼女が妊娠したからだという。どんな人か孝輔は知らない。結婚式には行かなかったから。浩二からは何も言ってこない。期待する方が間違っているのかもしれない。

祐介叔父から結婚式で撮った徳子の写真を送ってきた。

——母にどこか似ている。

浩二は母の面影を求めて女性遍歴をしているのだろうか。おそらく意識していないと思うが、結果が応えている。

——間違いなく浩二は母を探している。オレも負けずに探しているが、理想は遠い。自分を鏡に映して考えてみろよ。鏡の向こうで、もうひとりの孝輔が嘲笑っていた。


浩二と徳子の間は十年続いた。

浩二は何も言ってこなかった。徳子は彼には内緒かどうか分からないが、季節毎に信州そばなど名産を送ってくれた。

簡単な送り状を兼ねた絵葉書は松本城や善光寺などの名所旧跡の写真が目を惹いた。

「ありがとう。浩二は放っとくと、凧みたいにどこかに飛んでいきます。どうかよろしく頼みます」

と孝輔は絵葉書に書いてあった電話番号に電話した。浩二の声はわかる。彼が出て来たら、すぐ切ろう、と思った。運良く徳子だった。孝輔は自分に言い聞かせた。

――やはり浩二を許すわけにはいかない。

妻も母の面影を求めてか、二人目だ。政美は不幸にしたままだ。年上のいい姐さん女房だったのに、許せるものではないのだ。

桜が葉桜になったある日、祐介叔父が孝輔を訪ねてきた。

「孝輔、いつまで独りでいる気だ?」と叔父。

「独りの方が気楽ですから……」

「女性に興味ないんではないかと誤解されるぞ。誰か探してやろか?」

「いや、結構です。女には興味ありません」

孝輔は母を思い浮かべながら言った。未だに母を断ち切れないでいた。

——オレもやはりおかしい。母以外に女性を感じない。

「それと、浩二はどうかしている。徳子みたいないい嫁と別れると、最近、言い出してるんだ」

祐介叔父は眉間に手をやって言った。またか、浩二。

孝輔のなかで一時、おさまっていた怒りが勢いを増した。

「子どももかわいい奴が男の子と女の子がいる。いい加減にしろ、と兄貴から言ってくれ」

一番の理解者の祐介叔父まで悩ませる浩二はいったい、何を考えているのか。さらに怒りは増幅された。

祐介叔父や孝輔の願いも虚しく、浩二は三番目の女性と結婚した。徳子は男女ふたりの子どもを連れて実家に帰っていったが、その途中、孝輔のところに寄った。

「何かあったら、言ってください。出来るだけのことはします」

孝輔は母に似た徳子の目を見ながら言った。

涙腺が全開となった。

忙しさに紛れ、あたふたと四十五年が経った。

浩二は遠く北の地で生きている。祐介叔父から住所やメールアドレスを聞いたのか、いつからか毎年の年賀状とメールが時どき届くようになった。文面は当たり障りのない時候の挨拶だった。

孝輔は一切返事をしなかった。

しかし、今年は違う。孝輔は返信のメールを出した。


突然のメールに驚いています。まだ断捨離には、早いと思います。どこかお悪いのでしょうか？　覚悟のメールのように感じました。お元気で過ごされますよう遠くから切に祈っています。

私も歳です。身辺整理をする刻と思われますが、なかなか着手できずにいます。貴方からのメールでお互いにそういう年齢に達したのだな、同慶の至りと喜ばねばならないと思っています。

時が怒りを薄れさせ昔のことは忘れました。いや忘れることにしました。貴方もすべてを忘れてください。きっと、楽になれます。あちらへ持って行っても詮ないことですから……。

母は私にとっても忘れられない素敵な母だったと思っています。それに母は貴方を私より何百倍も愛していたと今も思っています。

何を思っての絶縁か理解できませんが、貴方は永久に私の弟であることは変わりありませんし、どんなことがあろうと、それを反古にすることもできないのです。私もこのメールが貴方への最初で最後のたよりといたします。

これからも楽しい刻をお過ごしください。


メールを送った途端、孝輔の両肩に重くのしかかっていた何かがすっと飛び散った。

空のかけら

桜の花びらが降りしきる。

家の前に置いた植木鉢代わりのトロ箱にうっすらと積もっている。花びらの間に淡い双葉が見える。

同じ町内に棲んでいるひとり娘の裕子から料理によく使うハーブを育ててほしいと頼まれていた。恭平は園芸店で教えてもらったり、入門書を参考にしたりしてバジル、セイジ、パセリの種子を蒔いた。どうせ何かしていないと気のすまない性格だし、たったひとりの娘から頼まれたことがとても嬉しかった。

「ふつう妻を亡くしたりすると、男は一年以内に後を追うもんや」

裕子にはいつも、笑われている。でも、それが本心でないことはなんとなく感じとっている。

「まだやることがいっぱいあるんや」

恭平は叫ぶように言うことで心の入り口を塞いだ。

そして、昨年までプチトマトを作っていたプランターの土を玄関先の路上に拡げたブルーシートにぶちまけた。日差しが強さを増して春らしくなったから、雨が降らなければ、二、三日で乾くだろう。軍手で湿った土の塊をつぶしながらせっせと拡げ、薄く均し、それが終わると、その横のシートで一昨日干した土に触ってみる。さらさらとまでいかないが、大分乾燥している。

ブルーシートの端を持ち上げる。乾いた土が、青い滝を雪崩落ちて路上に山を作った。恭平はその土を両手で掬って玄関横の両側に神の依り代の立砂のように、若き日の妻、通子の乳房を思い浮かべながら円錐形に盛る。

そろそろキキョウの種を蒔く季節だ。トロ箱の底にバラスを入れ、さっきの乾燥した土に市販の花の土を少し交ぜながら手で均し植え床を作る。水を撒くと、土から暖かい匂いが立ちのぼってきた。近ごろ、土の匂いがいいなあ、と思えるようになった。なぜなら通子を思い出せる匂いをかいだような気がしたから。六十五歳を過ぎて前期高齢者になったというのに、このところ、恥ずかしい話だが、ときどき無性に妻が恋しい。さっきから立砂を盛りながらもしきりに湧いてくる思いを打ち消し続けている。そして助平じいさんの塊みたいな心うちを悟られまいと懸命に自分自身を内部から押しとどめようとしていた。

「あんたが死んだら二回蹴っ飛ばしたるワ」

通子は生きているとき、いつも言っていた。

「かまへん。あんたより一秒でも長生きするワイナ」

と恭平は笑った。しかし、そう言いながらも心の底では自分の方が先に行く方が娘たちにとっても、通子にとっても、残されたものには安心だと思えた。ほんの少し淋しい気持ちはあったけれど……。

恭平は通子の言う二回という数字の符合に心のなかでどきまぎしていた。もう遠い過去のことだけれど、通子は恭平が何回浮気したかを知っていながらわざと気づかぬふりをしていたのかもしれない、とかえって心に滲みた。どうも恭平は嘘をつくのが下手らしい。妻通子にだっておかしいな、と思う行動があったように記憶している。お互い様や。恭平は確か一回、通子を蹴飛ばす権利をもっているから差し引くと、通子は恭平を一回しか蹴飛ばせないんや、と密かにほくそ笑んだ。もし二回蹴飛ばすようだったら、むっくり起き上がって、抗議せねばならない。

今は自由な身だから誰に憚ることなく、浮気ならぬ、本気を実践しようが、娘以外は誰も文句は言わないだろう。しかし、もう遅いんや。今さら相手が見つからないし、知らない間にそんな元気はとっくに萎えていた。

通子は交通事故で死んだ。雨が激しく降っていた深夜だった。軽自動車に乗って細い道から大通りに出ようとした出会い頭にダンプカーと衝突したらしい。目撃者の話によると、通子の車は青信号で交叉点に入ったという。臆病な彼女は激しい雨で見づらい視野だったから、きっと余計しっかりと、前方の青信号を確認したと思う。

問題は恭平が傘を持たずに家を出て酒を飲み、最寄り駅まで迎えを頼んだからだ。恭平のせいなのだ。

「私《うち》、免許取るわ」

通子は五十歳になったとき、言い出した。

「歳やさかい、危ないからやめときや。必要なときは乗せたるから」

「前からそう言いはってるけど、あんたはあてにならんワ。今日はゴルフや、明日は釣りや、とゆうて……理由が見つからんときはな、頭が痛いんやとか、眠たいんやとかで、車は出してくれんもんな」

「そないなことあらへん」

「いや、そないなことあるわ。現に今日までがそうやった」

恭平は市バスの運転手を定年で辞めた。ちょっと体調が悪いとき、ヒヤッとしたことは何回も経験していた。通子にあの胸が凍りつくような一瞬を経験させたくなかった。

「あんたのお義母さん、ひとり暮らしでっしゃろ？　これからは時どき見にいかなあかんのや」

恭平の弱点を突いた。抵抗できなかった。

通子は確かに実母でもないのに、よく面倒をみてくれた。母は通子にそんなに当てつけたり、皮肉を言ったりはしなかったけれど、母の考えを押し通して嫁の言い分は少しも認めなかった。たとえば、母は古漬けが好きで、恭平も好きだったが、通子は頑として浅漬け派だった。

「あないなすっぱいもん食べられませんワ」と言えば、「あないなあ、あのすっぱいんがええんやな」母は酸っぱそうな顔をして言った。

恭平はふたりのやりとりに内心びくびくしていた。どちらかが嫁姑の仲をぶち壊すことを言い放すのを恐れた。当たり前の話だが、何しろ母ひとり子ひとりだったから、恭平は特に母思いだった。しかし、母の小言を聞きたくなかったし、通子が言われているのを聞くのも嫌だった。通子や母に悟られぬようわざと冷たさを装っていたが、どちらの言い分も正しいように思えて戸惑っていたのだ。看護師だった母は、結婚出来ない人の子を産み、実家の祖母の応援を得ながら恭平を育ててくれた。恭平は、特に長い指が美しい母を内心、とても自慢に思っていた。

看護師を定年で辞めて、この町からそんなに遠くない田舎に帰り、独り農業をしている。父は腕のいい宮大工だった。大阪の文化財専門の建築会社の社員だったという。母にはわずかだが毎月、養育費を送ってきていたようだ。ちらっと母から聞いた話だ。

何回か父にも会ったことがあった。豊かな黒い髪が特徴で、眼は細く鋭い感じがしたが、笑うとやさしい顔になった。

食事をして恨みごとを言い出す前に瞬く間に別れの時刻になった。父はずっと以前に亡くなった。形見はよく手入れの行き届いた大工道具一式と、父に似合いそうもない、壊れたオメガの時計一個だけだった。

「お義母さんとこ、電車で行くと時間かかるんよ。畑ででけたもん、ぎょうさんくれるから、車が便利や。裕子ンちにあげられるしな」

通子は真新しい免許証を恭平に見せ、お義母はんが野菜を食べさせたいんは、あなたと裕子と雪絵やねん、と口角をつり上げた。

孫娘雪絵のことは通子も同じく可愛がっていたからいいとして、母のことは、「すまないな」それだけ言って頭を下げるしかなかった。それに恭平と連れ添って金婚も近い妻は、恭平を巡る軋轢はふたりとも疾うに薄らいで、どちらかというと、女同士同盟して恭平をがんじがらめに抑え込もうとしているように思えた。

「私《うち》にはもう両親がおらへんから、その分もね」

と通子は片眼を瞑った。

母はいつも季節毎に、食べられないくらい大量に小松菜や大根やニンジンやジャガイモ、トマトやキュウリなど野菜をどっさりクール宅急便で送ってくれる。

「そないなにもろうてもこまるんや。腐るだけや」

「それでもええのやないの。近所にお裾分けしたらええ」

「このへんなあ、道の駅なんかで安い野菜がなんぼでも売ってるんや……」

電話で恭平が暗に断っても母はきかなかった。八百屋が開店できるワ、と言ったら大袈裟かもしれないけれど、西瓜を十個とか、大根十本とかはザラだった。そこで我が家は、無駄にしてはいけないと、西瓜と大根を懸命に食べる。西瓜の利尿作用で小用は頻繁となり、口の周りが桃色に染まるのではないか、身体全体から野菜のにおいがしているのではないか、と思った。大根は、風呂吹き、大根おろし、おでん、煮物など。それでも食べきれないから、必死でたくわん漬けのための干大根や、煮付けに使う切り干しも作る。通子が切り干しを作り始めると、部屋中に恭平の嫌いな、あの生臭いにおいが充満するのだ。でも、ベランダに吊された干し大根の列はなんだか青い空の背景が似合っているように思えた。

ふと、空を見上げたら、思い出した。

恭平がまだ幼い頃、母の実家は、米を作っていた。水田の水加減や雑草の生え具合や台風の進路を気にしながら夏が過ぎると、田んぼの水を干して稲刈りをした。まだ稲刈りの機械もなくすべて人力だった。母に連れられて中学生だった恭平も狩り出された。小学生の頃から母と帰省すると、手伝っていたので、作業の辛さも知っている。

稲を順手で掴み、三束か四束ごとに藁で括って左手に置いていく。

今でも、稲を藁一本で束ね、先を縒《よ》ってくくり、輪にさし込んだ稲束のいがっぽさと、腰の痛さが甦る。時どき、手を休めて腰を伸ばす。周りに遮るものもなく、青い空が限りなく広がっている。反り返ると、恭平を中心に青さが碧さを増し、空がどんどん拡大していくのだ。

腰の痛さを忘れ、心が開放される一瞬だった。

「お母さんの運転、こわいさかいに夜と雨の日はあかんよ」

新車の軽自動車の慣らし運転に同乗した裕子は恭平に言った。そして通子には、「お守りよ」と車に初心者マークと高齢者マークを同時に付けさせた。

「賑やかな車やな」と恭平は笑った。でも、これが結構効果があるようだ、と運転指導で同乗したとき知った。

大型トラックは警戒して近寄らないし、高速道路の入り口で庇うように待ってくれたりした。恭平はそんなとき、ハザードランプを点滅させるお礼の合図を通子に教えた。通子はゆっくり進入すると、ハザードランプのボタンを押し、当時に誰に礼をしているつもりか懸命に頭を下げた。

「迎えに来てや」彼がときたま外出先から電話すると、「ごめん。こわいねん」

通子はいつも言った。だが、その日に限って、「うん」娘のような声で快諾した。事故車は通子の棺《ひつぎ》のような気がして、そのまま廃車にした。さらにちょうど時期が来ていた彼の運転免許証も車絶ちのつもりで自主返納して更新しなかった。身元証明書代わりに運転経歴証明書をもらった。それは通子の死を思い出す証明書でもあった。

「バスも運転できる大型二種免許なんやさかいにもったいないやん」

と娘の裕子のあのときの声が甦る。

もう三年経つ。恭平の心のなかには自分が殺した、という思いが執念深く棲みついている。そしてときどき、独り気楽に温泉旅行などを楽しんでいる、薄情な自分を発見して愕然とすることもあった。

「何処へ、何しにいくん？　と詮索されんだけええワ」

と淋しさを隠して玄関で靴紐を結びながら言うと、

「そないなことゆうたら、お母さんが迎えに来るで」

娘の言葉を背にドアを閉め、「まだ来んでええって頼んであるンや」とそっと呟いた。

裕子は同じ町内に住んでいるから毎日最低一回、独り暮らしの彼の様子を見にきて、家の中を掃除して帰って行く。そのとき、通子の法事や孫の雪絵や食事の話になる。雪絵は放課後も忙しいらしく正月や誕生日などお小遣いをくれそうなときしか来ない。

恭平は裕子が帰った後、何を話したかすっかり忘れている。それで不安になり、パソコンを買い、認知症診断のテストを繰り返す。時計、コップ、鉛筆、財布など五つの品目が映像の中の机上に並べられた。次に一〇〇から七ずつ、引けなくなるまで暗算で引き算をする。それが終わると、初めの五品目が何であったか、申告する。

もどかしいほど、忘れている。しかし、実際はいくつかの思い出すヒントが出される。自分に甘い自己診断で異常なしとした。

恭平は掃除や洗濯など世話をしてくれる娘裕子を若いときの通子が戻ってきたのではないか、と錯覚したことが何回もあった。少し肌が黒いが、すらりとした身体つきやよく光る目も通子に似ている。特に遠くから恭平を見る目の輝きがそっくりだし、そのとき顔を少し横に傾ける角度にはっとする。背が低いわりに顔や手足が大きくずんぐりで、目の細い恭平とはまるで違う。自分に似なくてよかった、と内心思っている。そして最近、恭平自身、背丈も気持ちも縮こまっていくような気がしてならない。

裕子は狭い裏庭の物干しに洗濯物を乾し、

「きょうび、乾きが悪いんよ」

と空を見上げる。その声も通子そっくりだ。恭平は通子の姿を探すように目を細め、それから紺碧の空を仰いだ。

午後から狭い庭は陽が翳る。

桜の花びらは庭にもしきりに降っている。

桜の大樹は外の道と庭にほぼ均等に枝を広げていた。

「ここでお花見しましょ」通子の声が聞こえる。この桜の樹の下に花茣蓙を敷いて、おにぎり弁当を家族三人で食べた記憶も再生される。その桜花の群れを透かして家家の屋根の上にガラスの塔のような高層ビルが煌めいて見えた。その瞬間、恭平は軽い目眩を感じた。

(空が狭くなりよった)

と彼は心のなかで呟いて、慌てて視線を庭に戻した。いつの間にか棲みついた野生のスミレが敷石と敷石の隙間に堪えて紫色に揺れている。恭平はしきりに稲刈りの日の青い空を思い出そうとしたが、高く広い空の情景を取り戻すことはできなかった。

恭平が定年になったとき、上司は永年の無事故と無口がいいと、民間のお抱え運転手の口を奨めてくれた。しかし、恭平は歳をとるにつれて気短になっていくような気もしていたし、ずっと誰かとしゃべっていたいような淋しさと焦燥も感じている。それで事故でも起こして紹介者に迷惑をかけては、と丁寧に断った。通子と裕子に話したらふたりとも、「好きにしたら……」とだけ言った。生活は年金とシルバー人材センターに登録してときどきアルバイトすれば、なんとかなると思っていた。

恭平の家は表通りから二筋目、細い小路に面していた。家家の玄関先には、盆栽や鉢植えの花が乱雑だけれど、それぞれ自分を主張している。

最寄り駅から斜めに北西の方向へ行くには近道なせいか結構人通りがあった。

重そうな瓦で葺かれた土蔵や長屋、それに屋根の低い二階建ての一軒家が、小路を挟んで軒を連ねていた。ほとんどが戦災を免れた戦前の建物だ。焼夷弾や爆弾はまるでこの町を避けるように落ち、炎が周囲を焼きつくしたのに、不思議と類焼しなかった。焼け野原に丸く恭平の育った町は生き残った。

思いのまま乱雑に植えられた緑が路地をさらに狭く感じさせていたが、葉を食べる虫が動き回り、身近に邯鄲《かんたん》などの涼やかな虫の声が聞こえる空間だった。

路地の突き当たりはどちらを見ても高層ビルだ。張り巡らされた電線が空を区切り、ビルを複雑に縛る。空は首が痛くなるほど見上げなければ見えない。そそり立つビルの高壁の上に町の形と相似形の丸い小さな空のかけらがこびりついている。まるで井戸の中から空を見上げているように思えた。

恭平は地元の高校を卒業すると、この街の交通局に就職し、新婚生活もこの町で始めた。彼の実家は距離は近いが、遠いものになった。一般の男と同じように盆と正月の年二回しか帰らなかった。裕子が生まれてから母や母の両親にねだられて何回か帰省が増えたが、町へ出て来た後ろめたさみたいな思いがあったのか、恭平の気持ちを億劫にさせた。

「お義母さん、待ってるんとちゃう？　帰ろう」

通子が言っても、恭平は盆休みや正月休みをせっかく取ったのに、家でごろごろ、一日TVの前を動こうとしなかった。通子はこの街の出身だったから、実家から三軒離れた長屋が恭平たちの新居だった。恭平が結婚して一年あまりで田舎の祖父が死に、それから三年後に祖母も亡くなった。

恭平の家はかつては葡萄栽培農家だったらしい。しかし県の工業用水兼農業用水のためのダムができ、恭平の実家の葡萄園は湖底に沈んだ。祖父は昔の葡萄棚を忘れることができないで、葡萄園の再建を夢みて、独りで畑を深さ一メートルほど掘り下げ、牛糞堆肥を敷き込む、独りでは過酷な労働を毎年繰り返した。そして若いとき罹って癒えた結核が再発して疲れで弱っていたからひとたまりもなく、祖父は逝った。母は時どきダムの上に立って長い間湖面を見つめていることがあった。今、母は独り、死に絶える寸前の家で農業をしている。盆に帰ったとき、「まだ死ねないよ」と、傾きかけた先祖の墓の前で母は言った。

線香の煙が墓地の裏山へ立ち上っていく。

町の天満宮の秋祭りには、神輿を繰り出すために子どもから老人まで、それぞれ自分のできる仕事を分担した。神輿は狭い路地から路地へきらびやかに渡った。

娘の裕子が赤痢になったとき、リヤカーに積んだ動力噴霧機で町中が真っ白になるまで家家は消毒された。恭平と通子は町内を裸足で詫びて回った。

まだ、そのころは空が広かったときだ。

「裕子ちゃん、大丈夫？　何かできることあったら言うてや」誰も苦情を言わなかった。

「父が今朝釣ってきたの。お裾分け」

隣の娘が小鯵を持ってきてくれた。ざるにかけられたふきんを取ると、銀鱗が鮮やかに光った。魚を焼く匂いが路地を漂う。ここは人と生活の匂いが滲んでいる。

恭平はすべての家を回り終えると、朽ちかけた家家がひしめく路地の突き当たりに沈む太陽を通子と見つめた。

隣人の大人しかった次男が強盗して警察に追われていたとき、「やつなあ、人を殺したらしいワ」

そんな噂は一日で路地を駆けめぐった。

路地は周りの都会より空気が濃いと思い込んで、ビルの谷間にぽっかりあいた青空を見上げることで恭平はどうにか押し寄せる都会の気配に堪えていた。実家の広い空が懐かしい。天蓋のように田舎の空は広く高い。この街は外周部から削り取られるように高層ビルに変わりつつあった。一つビルが建つと、空はその分縮んだ。狭まる空ゆえに、恭平は次第に胸苦しさを感じ始めていた。

路地のどぶ板も朽ちた。路地は私道ということで舗装されていない。水はけはすこぶる悪い。少しの雨でも溢れる。恭平はズボンによくはねをあげた。

恭平はトロ箱の板を二枚重ねて修理して回った。初めはうまくできなかったが、次第に体裁もいい、丈夫などぶ板の修理ができるようになった。身体のどこかに組み込まれた宮大工の父の遺伝子が活動を始めたようだった。

恭平はこの町に住む人たちの心も路地を通じてひとつだと思っていた。しかし気がつくと、高層ビルの谷間になっていたし、いつの間にか町全体が都会に侵食され、次第に縮みはじめている。

バブル崩壊後、下火になった地あげも形を変えて始められている。交渉人も前のようにやくざまがいの人たちではなかった。

「どうです？　協力してくれませんか？」

あなたの力が必要なんです、と背広をきちんと着込み、一見真面目そうな人間がスーツケースを下げて路地を徘徊している。

恭平の家の周りは無人の家が多くなっていった。ぽつりぽつりと話が決まるたびに家のまわりには白い塀が張りめぐらされ、早く出て行け、と無言の威圧を感じる。

このところまた、塀の長さが増したようだ。周囲の高層ビルが、昼はガラスの眩しさを投げかけ、夜は闇に包まれて眠る町を光の輪で取り囲み、恭平の眠りを妨げた。

恭平のところにも何回か交渉に来た。

「老後を楽に過ごせますよ。娘さんも喜んでくれます、きっと。私《わたし》の親も老人ホームに入りましてねえ。それまでたいへんだったですがねえ。いい施設は順番待ちですからねえ」

「ほっといてほしいんや」

恭平は大きな声を出した。心に不安を感じながらまだ若いんや、と自分に言い聞かせた。

「いえねえ、我が社は最近、快適な介護付き住宅を提供する事業も始めましてねえ。それをご紹介しようと思いましてねえ」

背広の男は暑いのか、ハンケチで首筋をぬぐう。恭平は男の語尾が、ねえ、といちいち上がるのが気に入らないし、暑さを誘う。

「最近は都心の老人向け住宅も考えていましてねえ。インテリジェントビルだけでなくてですねえ、高層ビルですから併用も考えています。入居の優先枠の便宜も……」

と続けた。確かに駅にも近い。行きつけの医院もコンビニもスーパーも近くにある。でも、と恭平は考える。ハーブは作れないよな、そう思ったとき、背広男は突然言った。

「玄関先の花、美しいですね」

「ああ、趣味でな……」

「住居棟の五階ごとに園芸花壇を組み込みますよ」

「青空は？」

「青空ねえ？……」

「ここは青空から桜の花びらが降ってくるんや」

恭平は路地に吹きたまった桜の花びらを両手で掬って空に放り上げる情景を想像しながら言った。桜の花びらは空へと舞い上がり、薄紅色が青い空をめざして逆巻く。

「知らん土地へ引っ越した人はどうしておられるんや？」

恭平の質問に背広男は無言だった。

「知らんのやな。あんたはここを立ち退かせりゃそれでええんやから」

「いえ、ですから新しい物件や入居待ちの施設をお世話してるんです」

それから何回か彼は来たが、恭平は取り合わなかった。この家は親の代からのものだし、恭平が裕子やこの頃習い事で忙しく姿を見せない孫娘の雪絵に残してやれる唯一の財産でもあった。

簡単に決めたくない。もちろん、こんなあばら家、早く売り払ってどこか快適な施設に入ってもいいなあ、という気持ちもないわけでもなかった。どうせ独りだから。裕子たちの家族にとっても恭平のこれからを見守る上でいい話かもしれない。しかし恭平の身体のどこかがこの話を進めるのを頑なに拒んでいた。

「ほかに行っても、知った人がおらんさかい淋しいワ。そやからここにおるつもりや」

そんな友人が借金の取り立てから姿をくらますように挨拶もなく突然、どこかへ越していく。

路地の向こうから、友人の名を大声で呼ぶ借金取りの声が耳に残っている。

「なあ、借りたもんは返すのが、人のみちでっせ」

塀は確実に距離を延ばし、町は白い塀の迷路になりはじめていた。

毎日、たくさんの若い男女が、町の北西の外にできた八階建ての、黄色いビルを目指してこの迷路をぬける。土曜日や日曜日はひっきりなしというか、南東にある駅からそのビルまで人々は途切れなく続き、迷路は笑い声が溢れ、人の川となった。

恭平の家も見せ物小屋のように日に何度か覗かれた。若者たちは、顔が大きいずんぐりした恭平の姿を見つけて一瞬ひるみ、いやなものを見た目つきで流れに戻っていった。

恭平は格子戸の隙間から一日、その流れを眺めて過ごす日もあった。Tシャツにジーパン男は腰の回りにやたらと銀色の鎖が光る。臍を出し、股上の短いパンツがずり落ちそうな女の子もたばこをふかしながら通る。恭平にはかれらがしゃべっているのが日本語ではないように聞こえた。そしてここは地図から抹殺された町かもしれないと思った。

庭の角にある桜の葉が濃さを増した。

もう何日も雨が降っていない。今年は空梅雨なのだろうか。雨が降らないことがなぜか、恭平を説明のつかない不安にさせた。この路地だけでなく、彼の心も乾し上げていくように思えたから……。

気晴らしに若者の群れが通うビルに行ってみようと思った。そのビルは白い塀の迷路の果てにある。何が若者たちを惹きつけているのか知りたかった。

恭平は家の前の人の流れに乗った。流れは思ったより速い。よく見ると、さまざまな世代の人たちが流れている。家の中からはみんな若者ばかりに見えたが、恭平と同じ年代と思われる人もいる。中には五十代らしいカップルがステレオイヤホーンを片方ずつ付け、身体を揺らし、指と指をしっかりと絡ませて歩いていた。恭平にはその手のつなぎ方に、情交の絶頂に、女が男のＤＮＡを一滴たりとも逃すまいと、男の足をロックする情景が浮かび消えないので困った。ふたりはどんな音楽を聴いているのだろうか、あの歳であんなにがっしりと手をつないで歩いて恥ずかしくないのか、知りたいと思った。だいたいあの歳でなんて考えるのが古いのかもしれない、という思いが心の何処かで燻る。

ちょうど、裕子が来たので、訊いてみた。

「そないなん普通よ。指と指を固く組んだ手のつなぎ方、なんつうか、知ってる？」

「知るわけないワ」恭平は少し声を荒げる。ＤＮＡつなぎともいうのか、頭が混乱した。ＤＮＡの化学的構造のように……。

黄色いビルにはすぐ着いた。ビルの前にも人々は屯している。ホットドッグをほおばったり、アイスシェークのカップにストローを差し込んで唇を尖らせたりしていた。

ビルには今、流行っている手作り材料、カバン、園芸品、革製品、文房具などが溢れていた。売り場の風景はデパートとまるで違う。恭平がほしいと思っていたものは何でもあった。

久しぶりで何もかも忘れた。若い人はあまり興味を示さないかもしれないが、万年筆の売り場では握り具合や書き味を実際に試すことができた。

特に気に入ったのは時計売り場だった。クラシックなデザインからダリの時計みたいな前衛調なものまでいろいろあった。毎朝、その日の気分で時計を取り替えて町を歩いてみたかったし、現に安物の時計を十個持っていて実行している。朝起きたとき、重たいのやら、軽いのやらを選び、赤、黄色、黒などあれこれ考え、今日は何にしようと決めるのが楽しかった。

「お父さん、あほみたいや。時計なんて一個上等のがあればええんよ」娘の裕子は鼻先で笑い、「私《うち》なんか、婚約のときもろうたんだけや」と続けた。

「いやな、オヤジの形見のオメガがあったんや。今も机ン中で眠っとる。もうだれにも修理できへんのや」

恭平は悲しい目つきになっているだろうと自分の顔を想像しながら応え、「ほんで、安物ばかりを愛用してるんや、一個千円や。止まって動かんくなっても気が楽なんや」と続けた。

裕子の家のキッチンハーブ用に煉瓦色の素焼きのプランターを買った。ヨーロッパではキッチンハーブは鉢ごと母から子へ引き継がれていくという。恭平は通子に代わって裕子にキッチンハーブを渡そうと思っている。

「これ、なあに？」と孫娘の雪絵が恭平の顔を覗き込むと思う。もしかしたら、一つひとつ香をかぎ、名前を訊くかもしれない。

家に帰ると、早速植え替えを始めた。

「お父さん、バジルにぎょうさん虫がおるよ」

いつ来たのか、裕子が声をかけてきた。

「ああ、半日しか陽が当たらへんようになりよったからな、虫が増えたんや。やはり太陽消毒が一番や」

「太陽ってすごいのね」

「割り箸あるやろ？　それで虫取ってーな」

裕子はビニール袋に青い虫を入れていく。その後ろ姿が通子そっくりだ。

恭平は植え終わり、ジョウロで水をたっぷりやった。そして雨の降らない空を仰いだ。

午後三時、太陽の見えないビルの谷間は明るいのにもう、夕方の気配を感じる。


恭平は黄色いビルの虜になった。そこには子どもの頃の路地裏があった。今も大切に思っているものが溢れている。ブリキの飛行機に自動車や缶バッジ、提灯など素朴でぬくもりがあって、何しろあのビルは夢を育む刺激に満ちている。休みの日以外は毎日、午前十一時の開店を外で待って通った。

店に入ると、恭平は正面のエスカレーターで最上階の八階まで上がる。今日は何か面白いものが見つかるのではないか、と階が上がるにつれてエスカレーターの動きをもどかしく感じた。

五階だった。下りのエスカレーターから降りた突き当たりに昨日と違ったディスプレーを見つけた。映画で見たアメリカ西部のバーの内部がミニチュアで再現されている。

木のカウンターを挟んでバーテンダーと客たちが笑っている。中央に近い丸い椅子のとまり木に赤いドレスを着たホステスが、足を組んで客と話している。はだけた胸元の奥に白いブラジャーが見える。「なにさ、あんはん、それでも男かい？」そんなはすっぱな声が聞こえてきそうだった。ビア樽にカウボーイシューズを履いた男が片足を乗せ、ギターを抱いてポーズを決めている。足の短い恭平は、男の足の長さに見とれる。小さなドールなのに命があるように思えた。

カウンターの背後にある棚も酒の壜が無数に並んでいる。壁紙が剥がれ、英字新聞の下張りが見える。

「わあー、すてきなドールハウスや。今、これ流行ってンよ。何か創りたいなあ」

隣でミニチュアを見ていた若いカップルの女の子が言った。恭平には女の子が夢見ていることが十分理解できる。

そうや、恭平は叫んだ。

まわりの視線を感じた。都会に埋没して地図から消えかけているわが町や住んでいた人たちの生活をドールハウスで再現したい、と思ったのだ。

庭にある桜の葉の間に小さな実がなった。ソメイヨシノは普通は実が出来ない。出来たとしても、実生から新しい個体はできない。日本中にあるソメイヨシノは一本の木から挿し木で創られたクローンなのだ。あの美しさはコピーされた美だ。恭平はなぜか悲しくなった。

大通りに出る手前、通子が事故死した交叉点近くの町角に昔から地蔵尊がある。地蔵盆のとき、路地に掛け渡された物干し竿にたくさんの提灯が揺れ、ぼっと明かりが浮かぶ宵闇を思い出していた。

今、そこは恭平にとってまるで、通子の墓を感じさせるところになっていた。新婚生活を始めた借家はこの地蔵の祠近くにあった。すでに恭平が嫌いな白い塀で囲まれている。塀の上に見える二階の屋根の瓦がずれ落ちそうだ。煤けた格子窓はガラスが破れ、通子の華やいだ声を聞いた部屋には暗い闇が詰まっていた。そしてそこから懐かしい通子の声が聞こえてきた。

「地蔵盆の当番、回ってきよったワ」

通子は夕食後の町の寄り合いから戻ってきて言った。

桜しべが路地を紅色に染めたあと、大雨が降って路地が側溝から水が溢れて川になってすべて流し去った。町の人総出の泥さらいが片づいたのは六月の半ば過ぎだった。

「そりゃ、エライこっちゃ……」恭平は地蔵盆の当番が大変なことを知っていたので、言葉を切り、「えっ、もうかい？　この前、やったばかりや」と通子の顔を見た。

「町の人が減ったさかい、回ってくるんが早いんよ」

通子はそれでも楽しそうな笑顔で言った。

「でもなあ、独りで何役もせなならん」と恭平は眼を逸らした。

「子どもも少なくなりよったことやねんし、最後の地蔵盆かも知れん。張り切ってやろうか」

祭が好きやねん、と通子は顔が輝かせている。

しかし、案の定、寄り合いに出ていなかった主婦の間から、

「男衆は何もせえへん。おなごばっかり準備せんならん」と声が上がった。

「そないなことあるかいな。わいもなんでもやる」

恭平は内心危ぶみながらも言ってしまった。通子とふたりで反対派を説得して回った。

「人が減ったやんさかい、もうええやん」

反対派の畳屋のおかみが言う。

「でも、突然今年からやめますや、格好つかん。たたりがありまっせ」

通子はなかなかや。おかみの顔が少し強ばった。

八月二十四日を挟んで三日、まだ間がある。何とかなるやろ、と思っている。孫の雪絵が生まれたときに、地蔵盆に飾った赤い提灯を真っ先に納戸から出した。

公民館の倉庫から町の地蔵盆用の机やテントなどをリヤカーで地蔵堂まで運び、各家が持ってくる提灯を下げる物干し竿を路地の民家と民家の間にさしかける。恭平は真っ先に雪絵の提灯を吊した。その日のうちに、近所の人たちもそれぞれの子どもや孫の提灯を下げに来た。男の子は白色、女の子は赤色の提灯だ。

地蔵堂まえに供え物を飾る台も組み立てが出来るまでになった。

恭平は張り切っていた。

「まだ早いぞな」と監督のつもりか、口だけの古老役員たち三人が、地蔵堂の前に家から丸椅子を持ってきて座り込んで何やら指図をし出した。恭平は、なんもせんくせに、と内心腹を立て、七月の半ばの夕方、予行演習と称して準備した提灯飾りから盆だなのような供え台など飾り付け、祠の前に子どもたちが上がって遊んだり、数珠回しをしたりする花茣蓙も敷いた。

そして提灯に灯が入った途端、にわかに不気味な風が吹き始め、黒雲が流れ、雷がなる。瞬く間に土砂降りの雨になった。

提灯は雨用のビニールのカバーが用意されていたが、被せる間もなく、そこにいたもの全員で必死で地蔵堂の隣家の玄関に取り込んだ。

しかし、いくつかは痛んだ。

（弁償するわいな）と腹を括る。

そらみたことかいな、と呟きながらも古老役員も腰を伸ばして手伝ってくれた。

恭平の不手際は瞬く間に町中に知れ渡った。恭平には道で会う町びとの視線が急に冷たくなったような気がした。

「別に、なんも悪いことしてへんよって、かまへん。乾かせばええんや。しっかりしてや」

通子はそう言い続けた。

もう一度、路地の角まで見にいき、図書館へ行って文献も調べた。父の友人の宮大工にもコツを訊いたが、「木は生き物や」とだけ言った。やはり自分で会得するしか方法はなさそうだ。

小さな格子戸をつくるときも悩んだ。一週間、指物師のところに通った。障子の細工がうまく合わない。

夢中になりすぎて気がつくと、いつの間か昼の陽射しが夕陽になっていることもあった。祠ができると、その前に小さな花茣蓙を敷いて子どもたちが地蔵盆に集まってきた様子を再現したくなった。地蔵の前で喧嘩をする少年たち、はにかんで俯く少女、それに雪絵、恭平の魂を揺さぶってやまない、どこかの展覧会で見た昔懐かしい少年少女の、素朴な表情を創り出したかった。たとえ挫折しかなくても……。なんが楽しゅて、なぜそないに夢中なんや、と心のなかの声が聞こえる。でもなあ、これをやらんかったら、町は守れへんのや、せめて形だけでも残したいんや、と応える。

外を川となって通りすぎる若者たちなら、どうするか訊いてみたい。恭平には今の若者が何を考えているか分からなかったから。

娘の裕子が南瓜の煮物を持って来た。恭平の好物だ。ひとつ摘んで食べ、ズボンで指先を拭いた。

「なんやってん？」

ミニチュアづくりに熱中している恭平に裕子は心配そうに訊いた。

「今んうちに作っとかんとなあ……」

「そこのお地蔵さん、かわいいやん」

彼女は突然歓声を上げ、「でもねえ、これ創ってどうするん？」と声が少し裏返った。

その声に恭平は顔を上げた。

「あとで見といてや。表にキッチンハーブできとるよ。忙しいよって、まだよう持っていけんのや。そのうちいくワ」

「うん、いつでもええわ。みんな、会いたがっとるよ」

裕子は孫娘の雪絵と旦那を一緒にして、みんな、と表現して言った。

そして黙ってしまった。恭平の答えがずれていたからだろうか。

どうしてこないなもの創るねん？　と訊かれたって困るのだ。幼き日の町の情景や青空への憧れに似た気持ちが心の底から湧き上がってきて、この町を守れ、と恭平の思いと重なって切実に願うのだ。恭平自身もどう守ったらいいのかはっきり自覚しているわけではない。とにかく考えるより身体を動かそうと思った。

次は庭に桜の大樹だ。黄色いビルに行って、材料を物色したがいいアイデアが浮かばない。恭平の心を占めているのは本物だった。花びらが降りしきらなければならない。偏屈な思いだと分かっているのだが、なかなか諦めきれない。桜の散り方に町の行く末が重なる。

外に出て桜の大樹を見上げる。空はどんよりと曇っている。黒い濃い雲も多くなってきた。明日はやっと、雨かもしれない。

祠の瓦の葺き具合をもう一度見たい。

最近、売れてしまったらしい家の前まで来た。まだ白い塀は出来ていなかった。玄関先の棚に枯れた盆栽がいくつも放置されていた。

根を抜かれたものもある。だが、ほとんどが水切れで立ち枯れたのだ。鉢には野草がはびこり、人が棲まなくなった家はもう朽ち始めている。家は棲む人がいなくなると、死ぬのだろうか。

風が吹き出した。

そのとき、恭平は閃いた。

少し時間がかかるが、桜の樹は盆栽で創ろうと。たしか近くの川の土手まで行けば、ヤマザクラの接ぎ穂が取れる。恭平は短命なソメイヨシノより千年も生きるヤマザクラが好きだ。

さて、次は町内にあった古い居酒屋の内部を造りたい。スケッチブックに思い出した内部の様子を出来るかぎり克明に描き出してみる。女将と写した古い写真もどこかにあるはずだ、とアルバムをめくる。居酒屋だけを再現するのでなく、そこに集う人を甦らせなければ。通子と一緒に飲みに行ったことも蘇る。「通子、みちこ」そっと妻の名を呟いてみる。

裕子は南瓜の煮物を冷蔵庫に入れると、またミニチュアを見つめている。

「これ、ようできてるわ。今年、ここで地蔵盆やるんやろか？　人また、減ったさかい、子ども見あたらんなあ」

裕子は独りごちた。恭平のしゃべりたくない話題だった。黙っていると、

「ふたりでもやろか？　私《うち》もなんか手伝うわ」

裕子は目を輝かせた。だが、孫娘の雪絵を連れてくるとは言わなかった。恭平ももちろん雪絵の顔が最初に浮かんだ。連れてこいや、勉強や習い事ばかりさせてどないするんや。

裕子にその一言が言えないでもう何カ月過ぎただろうか。怖くて訊けない。

「おじいちゃんとこ行きたくないの」

と雪絵が言っていたとしたら。

恭平はスケッチブックを閉じた。

「そうやなあ。座敷の天袋にあそこの提灯、何個かあったワ」

暮れかけた路地の角で提灯に燈をともし、娘とふたりだけの地蔵盆もいいかもしれない、と思い直した。白い塀の迷路を通る若者たちも誘ったらええ、とも考えた。高層ビルの谷間で蝋燭の光だけに照らされた顔を見合わせるのも楽しい気がする。暗いからかえって互いの気持ちが伝わってくるかもしれない。

「地蔵盆には雪絵も連れてくるわ」

裕子は帰りがけに言った。一瞬、薄闇の詰まった玄関が明るく感じられた。「ああ」恭平は本心を隠して抑揚のない声を返した。

近ごろ、西の空に空中楼閣と称する巨大な建物が出現した。午後の陽の翳りがさらにひどくなった。日増しにわが町は狭められ、空さえも奪われ続けている。もうこの町の上には、とても小さな空のかけらしか残っていない。

居酒屋の内部とそこに集う人を忠実に復元することは、非常に難しいことだった。アルバムから見つけた古い写真には、恭平が知りたい情報が写っていない。確か天窓があった。常連客ばかりのとき、店の明かりを消して天の川を見た。まだそのときは、ここでも天の川が見えたのだ。誰かが、少女趣味やなあ、言ったからよく覚えている。

料理は野菜のてんぷらがうまかった。

「店の前に咲いてるパンジー、てんぷらにしてんか」

と恭平は女将に頼んだ。

「なんぼうちのてんぷらがうまいたって、それはあかんわ」と女将。

「嫁さんにプロポーズしたときな、気がついたら、そばにあった植木鉢のパンジーの花を全部、食べてしもうてたんや」

女将がくすっと笑った。

「それでな、あれから食べたことないさかいな、頼むわ」

「やってみるけど、味は保証せんよ」

女将は表に出て、赤、黄、青、紫の花をひとつかみ取ってきた。

「赤いのはサラダにしようか。うちのドレッシングは最高やから」

女将は胸を張った。味は覚えていない。帰りがけ路地から、暖簾の向こうに見えた明かりがとても暖かに思えた。


玄関が開く音に恭平は我に返った。呟くように返事して玄関に立った。誰もいなかった。暗い土間に白いチラシがぺらっと見える。この町の近くにイタメシ屋が開店するらしい。

雨が降らなくなった。

もう一カ月近くなる。

高層ビルの照り返しで暑い。ここは周りをビルで囲まれた盆地なのだ。風が通らないから、暑さがこもる。桜の葉が黄色くなってふるい出した。なんとか葉を落として、炎暑をしのごうとしている。

座敷に戻ると、路地に面した窓から日焼けし、目が異様に光る少年が中を覗き込んでいた。

「もっと近くで見せてもらえませんか」

恭平は黙って玄関の方を指さした。

少年は遠慮がちに部屋の中を見回して座敷に入ってきた。鴨居のところでくぐるように頭を下げた。床の間のある座敷へ案内する。目を輝かせて地蔵盆の風景を見つめている。

「いいですねえ。ぼくはこんなのが好きです」

黒い顔に歯並びのいい白い歯が笑った。恭平は理解者が増えたみたいな気になって目を細める。

「ドールハウス博物館はいかがですか？」

少年は、思いつきですけど、と断ってから恭平の目をじっと見つめて言った。

この界隈を写したドールハウスを気の済むまで創って、最終的に我が家全体を博物館にする、恭平は思ってもみなかった提案に内心では戸惑いながらも強く惹かれた。ガラスの華奢な摩天楼の狭間に一軒だけ木造の二階建てが残っている。どこか外国の絵本で見た光景だった。誰も見てくれなくてもいい、別に採算を考えなくても年金でどうにかなる、今と変わりなく恭平独り、ここが朽ちるまで棲もう。

恭平は少年の提案に礼を言って玄関まで見送った。戸口近くの路地からローズマリーの心地よい香が漂ってきた。海のしずくといわれる淡い小さなブルーの花が咲いている。

恭平はキッチンハーブのプランターを裕子へ届ける口実で小学校から帰ってくる孫娘の

雪絵に会い、地蔵盆の打ち合わせや少年の博物館構想など裕子と話し合ってみたくなった。

自転車の荷台にプランターを乗せた。しばらくドールハウスづくりに専念していたので、体力が弱ったのか重いプランターを持ち上げるとき、少し腰がふらついた。

風がハーブの仄かな香を辺りに漂わせ、身体の奥までしみ込んできた。

恭平は伸びをして町の空のかけらを確かめるように見た。

初出誌一覧

年神さんの時間	『八月の群れ』56号	二〇一三年二月
椎の灯火茸	『八月の群れ』64号	二〇一七年五月
幻の境界	『八月の群れ』66号	二〇一八年五月
赤を鎧う	『八月の群れ』62号	二〇一六年五月
ある和解	『八月の群れ』60号	二〇一五年四月
空のかけら	『八月の群れ』59号	二〇一四年一〇月

野元　正（のもと　ただし）
東京生まれ
1967年 京都大学農学部林学科卒業
（造園学・環境デザイン専攻）
1994年『氷の箱』第１回神戸ナビール文学賞入賞
1995年『幻の池』第４回小谷剛文学賞入賞
1997年『トライアングル』第26回ブルーメール賞受賞
2009年『飴色の窓』第３回神戸エルマール文学賞受賞
2010年 芸術文化団体「半どんの会」文化賞（現代芸術賞）受賞
2016年 兵庫県文化功労賞受賞
同　年 神戸市文化賞受賞
「八月の群れ」同人
著書に『幻の池』（1997・編集工房ノア）
『海の萌え立ち』（2000・審美社）
『八景』（2004・審美社）
『飴色の窓』（2010・編集工房ノア）
現住所 〒673-0841 明石市太寺天王町4-2

・本出版は「2019年度芸術文化活動支援事業（兵庫県）」申請中

空《そら》のかけら
二〇一九年四月六日発行
著　者　野元　正
発行者　涸沢純平
発行所　株式会社編集工房ノア
〒五三一―〇〇七一
大阪市北区中津三―一七―五
電話〇六（六三七三）三六四一
FAX〇六（六三七三）三六四二
振替〇〇九四〇―七―三〇六四五七
組版　株式会社四国写研
印刷製本　亜細亜印刷株式会社

ISBN978-4-89271-307-1

表示は本体価格

飴色の窓
野元　正

第3回神戸エルマール文学賞　中年男人生の惑い。アメリカ国境青年の旅。未婚の母と娘。震災で娘を亡くした女性の葛藤。さまざまな彷徨。二〇〇〇円

幻の池
野元　正

埋めてなお埋まらぬ人間の在処《ありか》を描く「幻の池」。「氷の箱」冷蔵庫を主題にした現代生活の虚しさと悲哀。寓意と風刺の短篇集。（品切）一八〇〇円

書いたものは残る
島　京子

忘れ得ぬ人々　富士正晴、島尾敏雄、高橋和巳、山田稔、VIKINGの仲間達。随筆教室の英《はな》ちゃん。忘れ得ぬ日々を書き残す精神の形見。二〇〇〇円

竹林童子　失せにけり
島　京子

竹林童子とは、富士正晴。身近な女性作家が、昭和二十五年の出会いから晩年まで、富士の存在と文学、魅力を捉える。一八二五円

始めから　そこにいる人々
小島　輝正

べ平連、平和運動の原点から、同人雑誌、アラゴン、サルトルまで、個の視点、無名性の誠心で貫かれた昏迷の時代への形見。未刊行エッセイ。一八〇〇円

連句茶話
鈴木　漠

連句は世界に誇るべき豊穣な共同詩。その魅力を東西文学の視野から語れる人は漠さんを措いてはない。普く読書人に奨めたい（高橋睦郎氏）。二五〇〇円

またで散りゆく　伊勢田史郎

岩本栄之助と中央公会堂　公共のために尽くしたい熱誠で私財百万円寄贈した北浜の風雲児のピストル自殺にいたる生涯と著者遺稿エッセイ。二〇〇〇円

日本人の原郷・熊野を歩く　伊勢田史郎

第33回井植文化賞受賞　この街道の、この山河の何と魅力的であったことか。熊野詣九十九王子、熊野古道の伝承、歴史、自然と夢を旅する。一九〇〇円

神戸の詩人たち　伊勢田史郎

神の戸口のことばの使徒。詩人の街神戸のわが詩人たち。詩は生命そのものである、と証言した、先達、仲間たちの詩と精神の水脈。二〇〇〇円

野の牝鶏　大塚　滋

第1回神戸ナビール文学賞受賞　海軍兵学校から復員した少年と、牝鶏との不思議な友情・哀惜の意味するもの。受賞作「野の牝鶏」他。二〇〇〇円

神戸　東　秀三

神戸に生まれ育った著者が、灘五郷から明石まで、神戸を歩く。街と人、歴史風景、さまざまな著者の思いが交錯する。神戸っ子の神戸紀行。一八二五円

幸せな群島　竹内　和夫

同人雑誌五十年　青春のガリ版雑誌からＶＩＫＩＮＧ同人、長年の新聞同人誌評担当など五十年の同人雑誌人生の時代と仲間史。二三〇〇円

東奔西走

石井　亮一

「子どもは天才」という言葉はここに生きていた。かつての腕白大将の躍動する気魄と知恵は、後年の労働運動に結実する（島京子氏評）。　一六〇〇円

正之の老後設計

三田地　智

全編を貫いて、すばやく見えてくるのは、知力、行動力を合わせ持った女性たちの颯爽とした姿である。独特の確固とした形（島京子氏評）。　二〇〇〇円

麦わら帽子

森　榮枝

生き死に血縁関係とか逃れようのないことに悠揚として迫らぬおおらかな距離感。戦中戦後を生きてきた死生感（湯本香樹実氏評「読売新聞」）。二〇〇〇円

衝《つく》海《み》町《まち》

神盛　敬一

第4回神戸エルマール文学賞　少年を主人公とした純度の高い力作4編。悲しみを抱いて未来を切り開く。汽笛する魂の「ふるさと」少年像。二〇〇〇円

イージス艦がやって来る

森口　透

青島《チンタオ》の生家訪問、苦学生時代、会社員時代の海外出張、総領事館員時代の執務。時代を経て来た「日常的出来事」の中に、潜み流れるもの。　一九〇〇円

インディゴの空

島田勢津子

インディゴブルーに秘められた創作の苦悩と祈り。「おとうと」の死の哀切。障害者作業所パティシエへの私の想い。心の情景を重ねる七編。二〇〇〇円